먹는 즐거움은
포기할 수 없어!

Original Japanese title: KUI IJI KUN

Copyright © 2004 Masayuki Kusmi

First published in the original japanese language by Futami Shobo Publishing Co., Ltd.

Korean translation Copyright © 2018 by GEULDAM PUBLISHING CO.

Korean translation rights arranged with Futami Shobo Publishing Co., Ltd.

through The English Agency (Japan) Ltd. and Eric Yang Agency, Inc

먹는 즐거움은 포기할 수 없어!

『고독한 미식가』원작자의
식욕 자극 에세이

구스미 마사유키 지음 | 최윤영 옮김

indigo
Story and more

식탐 만세!

식탐이 많은 편은 아니라고 착각하던 때가 있었다. 만화에 자주 음식 이야기를 그리기는 하지만 독자들을 위한 일종의 서비스 같은 거라고 생각했다. 먹는 것에 집착하는 친구 녀석을 한심하게 여기기도 했다.

　그때 나는 건방졌었다. 스스로를 너무나 모르고 있었다. 아무래도 나는 타고난 탐식가인 듯하다. 맛있는 음식을 보면 참을 수가 없다. 꼴깍~ 군침이 넘어가고 위장이 요동치기 시작한다. 나라는 인간은 어쩌면…… 주체할 수 없는 식탐을 만화로 승화시키고 있었던 건지도 모르겠다.

　어린 시절부터 먹는 속도가 무척 빨랐다(식탐이 많다는 증거다). 특히 좋아하는 음식을 먹을 때면 '맛을 보긴 하는 건가?' 싶을 정도로 입안에 밀어 넣기 바빴다.

"천천히 먹어도 괜찮아. 그리 급하게 먹어서야."

허겁지겁 먹는 나를 보며 어머니는 웃음 띤 얼굴로 말씀하시곤 했다. 당신이 만든 요리를 잘 먹는 아들의 모습이 흐뭇해서 나온 애정이 담긴 말이리라. 그럴 때마다 나는 행복에 겨운 표정으로 입에 음식을 가득 넣은 채 어리광을 부렸었지.

"음~ 너무 맛있는 걸 어떡해요!"

그러고 보니 매일 저녁밥을 먹는 데 걸리는 시간도 요리가 나오고 평균 10분 정도면 끝! 그야말로 무아지경이다. 참으로 성급하고 궁상맞은 식사다.

하지만 누군가로부터 초대받은 저녁식사 자리에서도 이러면 곤란하다. 그럴 때 나는 최대한 천천히 먹기 위해 노력의 노력을 거듭한다. 정성 들여 차려준 음식을 마구 먹어치운다는 인상을 주는 건 예의가 아니다. 식사 자리가 무사히 끝나고 나면…… 돌아오는 길엔 늘 배가 고프다. 이런 걸 걸신들린 배라고 한다지. 정말이지 속수무책이다.

이 글을 쓰고 있는 지금도 순식간에 배가 고파 온다. 이 책은 그런 창피스러운 나의 식탐을 숨김없이 글로 담은 것이다. 혹시 자신의 식탐에 대해서 부끄러워하는 이가 있다면, 이 책을 읽고 그런 생각을 버리기 바란다. 맛있는 음식을 먹을 때 행복하지 않은 사람이 있으려나. 음식 앞에서 위장부터 반응하는 사람은 그 행복을 조금 더 강렬하게 느끼는 사람일 뿐이다.

_ 구스미 마사유키

◇ 차례 ◇

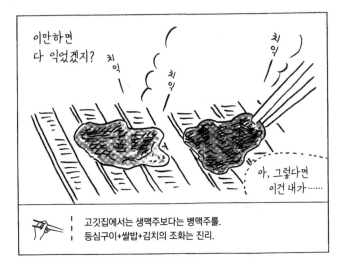

고깃집에서는 생맥주보다는 병맥주를.
등심구이+쌀밥+김치의 조화는 진리.

━━━━━━━━━━━ 고깃집은 오랜만이군. 우선은 음료부터, 병맥주 두 병. 테이블에 앉자마자 무슨 규칙마냥 "생맥주 큰 거 네 잔이요! 다들 괜찮죠?"

이렇게 말하는 사람이 있는데 그건 바람직하지 않다. 고깃집에서 맥주를 마셔야 한다면 나는 무조건 병으로 주문한다. 생맥주잔이라니, 그런 무거운 걸 들고 고기를 대할 순 없다. 움직임이 둔해진다. 고기구이가 절정으로

치닫는데 테이블에 우뚝 선 큰 맥주잔의 모습이란 우둔하다.

　고기구이에는 반드시 흰 쌀밥이다. 김치는 배추김치지. 그리고 생간. 양념은 참기름과 소금이 좋다. 그다음은 우설 소금구이 2인분, 등심 1인분, 갈비 2인분. 그리고 채소구이. 우선은 이 정도만. 아무도 나서는 이가 없다면 일단 이렇게 주문한다. 얼른 먹고 싶은 조급함 때문이다. 첫 주문에 서로 눈치를 보며 꾸물대고 있는 모습도 못 견디겠다. 어차피 추가 주문을 하게 될 테니, 그때 다른 사람에게 넌지시 뭘 먹고 싶은지 물으면 된다.

　아, 나왔다! 김치. 김치가 맛있으면 걱정할 게 없다는 느낌이다. 오늘 식사는 대성공! 온몸이 김치의 매콤함으로 환희에 요동친다. 하지만 김치가 맛없으면 낙담하게 된다. 여기서부터 정신적으로 부활하기까지 20분 정도 걸린다. 그만큼 김치가 중요하다. 다행히 이 식당의 김치는 무진장 맛있네. 수분이 풍부하고 매콤한데 달다. 고것

참 맛있네! 이거 하나로 밥 천 그릇은 거뜬히 먹겠다. 너무 나갔나, 아하하.

오, 생간. 이건 어른의 음식이지. 어릴 때는 징그러웠다. 하지만 지금은 없어서 못 먹는다. 요것 봐라, 이렇게나 맛있다. 이제 나도 진정한 어른이군.

자자, 고기가 나왔다. 먼저 우설 소금구이로 시작하는 게 좋겠지? 철판이 타기 전에는 소금구이다. 굽기 시작하면 둘레부터 약간 말려 올라가는 부분이 귀엽다. '아잉, 뜨거워!' 정도의 느낌으로만 굽는다. 우설 소금구이는 살짝만 구워 먹고 싶어서 안 뒤집는 사람도 있다. 그래, 자네 말이 맞아. 하지만 나는 뒷면까지 살짝 굽는 걸 좋아하거든. 식기 전에 레몬을 뿌리고…… 역시 맛이 기가 막히는군! 아무렴. 이제부터 시작되는 느낌. 자, 본격적으로 가볼까.

다음 순서는 등심이다. 최근 들어 나이 때문인지 등심이 좋아졌다. 젊을 때는 무슨 일이 있어도 갈비였는데. 갈비도 확실히 맛있긴 하지만 등심에 쌀밥, 이 조합은 이길 수가 없다. 이 고기는 누가 구운 거야? 오래 구우면 안 된다고. 아, 이건 뒤집을 타이밍이군. 어디 보자! 이제 먹어볼까? 입안에서 사르르 녹네 녹아. 부드러워. 아, 더는 못 참겠다, 여기요! 밥 주세요!

이제 밥이 등장할 때야. 고기구이에는 흰 쌀밥이 제격이지. 잘 구워진 등심구이에 간장 소스를 찍어 밥에 올리면 끝. 이제 입속으로 직행! 음, 맛있다. 이때 김치를 한 조각을 곁들이면…… 여기 김치 한 접시 추가요! 등심도 1인분 추가!

그렇다면 갈비는? 음, 역시 좋아. '역시 고기구이야!'의 느낌이 드는군. 갈비 기름이 치이익 하고 구워지는 소리, 냄새, 이게 없으면 고기구이는 영 재미가 없다. 이제 갈비 양념이 스며든 양파를 뒤집어볼까. 채소는 주의를 기울이지 않으면 금세 타버리니까. 모두 신경을 쓰자고. 이거 봐. 새까매졌잖아. 누구야? 눈에 보이는 대로 생각 없이

고기 굽기에 집중하다 보니 양파가 다 타버렸네.

어쩐지 불쌍하군.

불판 위에 올리지 말라고!

생각해보니 잠시도 쉬지 않고 먹었네. 오늘은 이 정도로 마무리하는 게 좋겠다. 가게를 나오니 확실히 배가 꽉 찬 느낌이 든다. 너무 많이 먹었나? 하지만 이런 느낌이 너무 좋은 걸. 정신없이 먹다 보니 마무리 냉면은 못 먹었군. 아쉽다 아쉬워.

　'만족'이라는 단어는 고기구이를 위해 존재하는 말이다. 껌은 씹고 싶지 않아. 으함~ 잠깐 누워서 입안에 남은 육즙의 여운을 즐기고 싶다.

오늘도
실패

취향 확고!
오늘도 간장 라면.

국물과
건더기를 같이
맛보려면
숟가락 필수!

면발이 살아있는 라면을 먹고 싶다면 카운터 자리에 앉을 것.
만두 + 맥주를 반 정도 먹은 후 라면이 등장하면 최상의 타이밍.

나는 라면을 아주 좋아한다. '라면'이라는 글자만 봐도, '라면'이라고 발음만 해도 싱글벙글 기분이 좋아진다. '라'라고 발음할 때 혀의 움직임이 이미 라면의 고불고불한 노란 면을 연상시킨다. (덧붙여 메밀국수를 이르는 '소바'의 '소'는 마치 손으로 직접 친 얇은 소바를 후루룩거리는 느낌, '우동'의 '우'는 정말이지 하얗고 두꺼운 우동을 후루룩거리는 입 모양 같지 않은가?)

기다리는 시간마저 즐기고 싶다면 테이블 자리보다는 카운터 자리가 좋다. 자리에 앉아 라면을 만드는 모습을 보고 있으면 즐거움은 배가 된다. 환장하게 좋아하는 라면이 완성되어 가는 모습을 보는 것만으로도 그저 행복하다.

'아, 지금 냄비에 넣었다! 내 면일까?'

상상하면서 설레다가, 다 되어 나온 라면이 다른 사람 자리로 가버리고 나면.

'아, 내 건 다음 차례이려나. 에잇! 벌써 젓가락을 쪼개 버렸네. 어처구니없는 실수군.'

하고 실망하면서 혼자 겸연쩍게 웃는다.

맥주를 마시며 기다려도 되지만 라면과 맥주를 함께 먹고 싶지는 않다. 보통 처음에 '라면과 만두와 맥주'를 동시에 주문하는 손님이 많다. 옆에서 조마조마 마음을 졸인다. 아니나 다를까, 한창 맥주를 마시고 있는 와중에 라면이 나오고, 라면을 꽤 먹었을 무렵 만두가 나온다. 그래 가지고 괜찮을까. 맥주와 만두를 주문하고서 만두를 반 정도 먹었을 때 라면을 주문해야 한다.

라면은 금방 나온 뜨거운 면을 후후 불어가며 후루룩 먹는 게 즐겁다. 조용한 방에서 소리 내지 않고 예의 바르게 먹으면 맛이 없다. 사실 라면집이란 모름지기 떠들썩한 법이다. 직원과 손님의 "어서 오세요!" "라면이요." "네." "오래 기다리셨습니다." "잘 먹었습니다." "차슈 라면이요." "물 좀 주세요." 쉴 새 없이 이어지는 대화 소리. 짤가닥짤가닥 그릇을 씻어 쌓아두는 소리, 물 트는 소리, 가스레인지 소리, 문을 열고 닫는 소리, 의자 소리. 컵이나 그릇을 놓는 소리, 그리고 라면을 후루룩거리는 소리.

눈을 감으면 엄청나게 다양한 소리가 난다. 실로 활기차다. 이 활기가 라면을 더 맛있게 해준다. 그걸 알아차리지 못하는 사람도 많지 않으려나. 이 떠들썩함 속에서 라면을 후루룩후루룩 소리 내어 가며 먹는 게 맛있다. 그러다 국물을 살짝 들이켜면 아, 맛있다. 오길 잘했다는 생각이 든다. 행복해진다.

라면은 여러 음식 중에서도 맛이 아주 진한 편이다. 냄새도 강하다. 하지만 와자지껄한 라면집의 분위기 속에 어우러진 이 음식은 실로 친근하고 붙임성 있으며 소박하다. 이러한 편안함 때문인지 라면을 먹을 때면 마음 깊은 곳에서부터 식탐이 되살아난다. 오로지 라면 한 그릇을 비운다는 목표 하나에만 몰두할 수 있다. 라면 한 그릇 안에는 완결된 작은 드라마가 있다. 그것은 어린 시절에 즐겨보던 연속 드라마 같은 소소한 것이다. 이런 작지만 확실한 즐거움이 과연 지금 세상에 얼마나 있을까?

아, 더더욱 라면집에 가고 싶어졌다. 나는 유별스럽지 않은, 극히 평범한 간장 라면을 제일 좋아한다. 적어도 지금은 그것에 정착하고 있다. 지나치게 개성을 강요하지 않는 듯한, 보기에 수수한 라면이 좋다. 반에서 별로 눈에 띄지는 않지만 가을 소풍 때 우연히 버스 옆자리에 앉게 되어 이야기를 나눠 보니 실은 굉장히 재미있는 녀석이었던 친구가 있다. 마찬가지로 오래 어울릴수록 점점 재미를 알게 되는 라면이 내게는 이상적이다.

특히 라면에 관해서는 너무 비싼 가게는 아무래도 믿음이 가지 않는다. 라면은 어느 정도 싼 게 좋다. 그러면서도 나름의 연구를 하고 있는 주인이 만들어 주는 믿음직스러운 라면이라면 더 좋다. 지식이나 이치나 경제가 들어갈수록 불쾌해진다. 라면은 어른의 간식, 추억의 불량식품 같은 포지션이 나는 좋다.

먹다 보니 어느새 더더욱 좋아지는 동네 라면이 좋다. 너무 익숙해서 의식하지 못하고 있었지만, 문득 라면이 먹고 싶어져 아무 생각 없이 라면집에 들어갔을 때.

'그렇지, 이거야 이거, 이 맛이지 이 맛.'

하고 기뻐하며 나도 모르게 굉장히 안심하게 된다. 이런 패턴을 반복하다 보니 라면을 다 먹은 후엔 머릿속에 이런 예고 멘트가 맴돈다.

'다음 편에 계속됩니다.'

"오래 기다리셨습니다."

언제나 한결같은 이 소리에 식탐이 차오른다. 눈은 앞

오늘도 역시 맛있었다.

다음 편에 계속 됩니다.

에 놓인 그릇을 좇으며 손으로는 젓가락을 갖추고서 무심코 침을 삼킨다. 한입에 후루룩. 아, 그렇지. 뭐가 '그렇지'인지는 모르겠으나, 안도와 환희의 미소가 흘러나온다. 몇 번을 확인해도 질리지 않는 맛. 이미 그 이후는 무아지경이다. 면을 후루룩, 국물을 끊임없이 흡입한다. 문득 정신을 차리고 보면 그릇의 밑바닥이 들여다보일 정도로 국물은 바닥나 있고, 대신에 마음이 가득 차 있다.

한바탕 땀을 흘렸다. 시원하게 코를 풀고 싶다. 아, 맛있었다. 다행이다. 다음 편에 계속됩니다.

예의를
지키자

돈가스는 조각조각 썰어져
나오는 게 좋다.

양배추도
중요해!

돈가스→밥→양배추가 차례로 입안에서 만나면 궁극의 조화.
함께 나오는 레몬은 반드시 양배추에만 뿌릴 것.

_____ 오늘은 이거 먹고 힘내자! 싶을 때 나는 돈가스를 먹는다. 돈가스 정식을 먹은 뒤의 만족 감은, 예를 들면 고기구이처럼 '으~ 배터지게 먹었네!' 하는 왠지 모를 너저분한 느낌은 아니다. 그건 그 나름대로 좋지만, 한창 고기에 열중할 때나 먹은 직후의 내 얼굴은 그 누구에게도 절대로 보여주고 싶지 않다.

그에 비해 돈가스를 먹은 직후는 배가 부르면서도 든 든한 충실감이 있다. 왠지 내가 남자로서 한 단계 커진 기분이 든다. 가슴둘레라든가. 주먹 크기가.

'지금이라면 이길 수 있지 않을까?'

무엇에? 누구에게? 그야 모르겠으나 자신감 같은 것이 아랫배 언저리에 턱하니 자리 잡는달까. 믿음직스러운 데다 '돈가스'라는 유머러스한 이름까지 지닌 이 음식을 좋아하지 않을 이유가 없다.

돈가스에 비하면 스테이크는 갱단 같다. 언뜻 보기에도 악역 느낌이다. 검은 가죽 장갑을 끼고 있는 듯하다. 그 속에 큰 금반지도 끼고 있는 듯하다. 반면에 돈가스는 새하얀 목장갑이 어울릴 만한 좋은 사람 같다.

요전 날, 밤새 일하기에 앞서 주저 없이 돈가스 정식으로 배를 채웠다. 배를 채우다. 이 얼마나 남자다운 말인가. 가게는 이미 정해져 있다. 카운터 자리로만 된 돈가스 정식집이다. 드르륵(격렬하게 미닫이를 여는 소리).

"어서 오세요."

변함없이 늘 기분 좋은 가게다. 코트를 벗는데 점원이 말을 걸어온다.

"돈가스 정식이죠?"

선수를 빼앗겼다.

"응."

엉겁결에 나온 대답에 살짝 안절부절못한다. 응, 이 아니지. 아직 '응.'이라고 말할 정도는 아니잖아. '네.'라고 했어야지. 내 뒤로 입시학원 재수생으로 보이는 세 남자가 들어왔으나 역시 점원에게 같은 말을 듣고는 "아, 네." "아, 네." "저도요."라고 대답하는 모습이 순진했다. 그러고 보니 나도 '네, 저도요.' 하던 시절이 있었다. 어느새 '응.'이 될 줄이야. 자네, 언제 이리도 때가 묻어버렸나. 부끄럽군.

이 집에는 '돈가스 정식'과 '안심가스 정식'밖에 없다. 한동안 나는 돈가스집에 와서는 안심가스만 먹었었다. 솔직히 고백하자면 그래야 빠삭하게 꿰고 있다는 느낌과

'건강'한 기분이 들었었다. 멍청했다. 만화 따위로 얻은 빈약한 지식을 믿고 있었다. 음식은 입으로 먹고 배로 판단해라, 머리로 먹는 게 아니라네, 이 아둔한 자야.

이 집의 돈가스 정식은 800엔, 굉장하다. 1000엔인 안심가스 정식보다 더 맛있다. 돈가스가 맛있는 가게는 비계가 입안에서 살코기와 소스와 겨자가 한데 어우러져 바삭, 주욱, 징, 하고 온다. 처음부터 썰려져 나오는 점도 기쁘다. 요리사가 뚝딱 칼로 썰어 접시에 담아 잽싸게 내는 모습은 제대로 일본 요리다.

나는 한가운데 부분을 제일 먼저 먹는다. 먹는 순서에도 성격이 나오나 보다. 바삭, 주욱, 징, 최고! 그리고 바로 이어서 밥이 한 입 뒤쫓는다(돈가스집이나 튀김덮밥집은 보통 흰밥이 맛있다). 그다음엔 양배추를 먹는다. 이게 또 절묘하다. 돈가스를 맛있게 먹으려면 돈가스 양의 최소 다섯 배 이상의 양배추가 필요하다(양배추를 인색하게 아끼는 돈가스집은 지옥에 떨어져라). 그리고 진하게 우려 낸 차를 마신다(차 맛이 좋아서 반드시 더 달라고 하게 된다).

돈가스 한 조각은 반드시 두 입에 끝낸다. 처음에는 비계가 없는 부분, 그리고 밥. 그런 다음 살코기와 비계가 반반인 부분, 그리고 양배추. 밥에 직접 소스를 뿌려 먹으면 맛이 없는데, 돈가스나 양배추를 사이에 끼운 채 밥과 소스가 만나면 어쩜 이리 맛있을까. 돈가스와 소스, 아주 좋다. 양배추와 소스도.

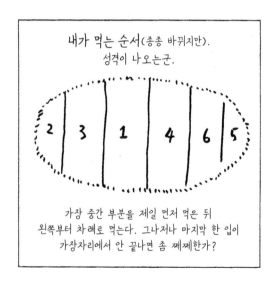

내가 먹는 순서(종종 바뀌지만).
성격이 나오는군.

가장 중간 부분을 제일 먼저 먹은 뒤
왼쪽부터 차례로 먹는다. 그나저나 마지막 한 입이
가장자리에서 안 끝나면 좀 쩨쩨한가?

돈가스집에서는 정식에 따라 나오는 국이 돼지고기를 썰어 넣은 된장국인 가게가 많다. 나는 돼지고기된장국을 좋아하지만 돈가스에는 조금 지나치지 않나, 동족상잔이랄까, 너무 충돌하지 않을까, 하고 생각할 때도 있다. 별 생각 없이 시치미(7가지 양념, 고추·깨·진피·앵속·평지·삼씨·산초를 빻아서 섞은 향신료-옮긴이)를 뿌려대는 내가 있다.

맛있다. 우걱우걱 먹는다. 돈가스와 밥은 정말이지 '우걱우걱 먹는다'는 말이 딱이다. 도중에 먹는 절임채소가 맛있다. 그래서 아껴 먹는다. 어쩌다가 튀김옷이 고기에서 떨어져버린다. 이게 또 귀엽다. 젓가락으로 가다듬어 먹기도 하는 나. 허나 튀김옷은 튀김옷일 뿐, 튀어나온 고기는 다시 소스를 살짝 찍어 먹는 것 또한 맛이 색달라 즐겁다.

두 조각 정도 남은 후반이 되면 남은 밥과의 균형이 신경 쓰이기 시작한다. 밥이 많을 때는 절임채소를 이용해 줄여가며 조정한다. 이런 것만 신경 쓰는 나. 쩨쩨할지도 몰라. 결국 나온 음식을 5, 6분만에 다 먹어치우고 한 단계 커져서 가게를 나온다.

좋아, 나는 뭐든 이긴다!(돈가스의 일본식 발음 돈가츠의 가츠かつ는 이기다勝つ와 발음이 같아, 좋은 성적을 거두라는 뜻으로 수험생들이 시험 전날 돈가스를 먹는다고 한다-옮긴이)

누가 좀
알려줘

학생 시절로 돌아가
도시락 까먹기하고 싶다!

숙
성
중

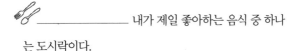

뚜껑을 열기 전에 무엇이 들어 있는지 알려고 하지 말 것.
평범한 밥과 반찬을 맛있게 먹고 싶다면 도시락 통에 담아 보자.

─────────── 내가 제일 좋아하는 음식 중 하나
는 도시락이다.

"도시락이라고 해도 에키벤(철도 역이나 기차 안에서 파는
도시락-옮긴이)부터 따끈따끈한 즉석 도시락이며 소고기
덮밥 도시락까지 다양하잖아."라고 말할 수도 있다. 그야
그렇다. 하지만 내가 떠올리는 도시락은 에키벤이나 따
끈따끈 갓 나온 도시락이라든가, 위에 뭔가가 장식된 가

게에서 파는 도시락이 아니다. 평범한 '도시락'이라는 말에 식탐이 움찔하고 반응하는 것이다. 뭐지 이건, 벌써 먹고 싶어졌다.

사전을 찾아보니 도시락은 '외출지에서 먹기 위해 용기에 담아 들고 가는 간단한 음식'이라고 되어 있다. 그렇다. 내가 상상하는 도시락은 바로 이거다. 도시락은 참으로 귀여운 음식이다. '용기에 담는다'는 게 귀엽다. '들고 간다'는 부분이 기특하다(책가방 속에서는 아주 조금 방해가 되긴 하지만). 게다가 '간단한 음식'이라는 점이 부담 없다.

그런 도시락을 들고 걸어가는 그 시간이 좋은 것이다. 아침에 싼 도시락을 점심까지 들고 다니며(아니, 실제는 직장의 책상이나 사물함 안에서 가만히 기다리고 있겠지만) 묵혀지고, 그사이에 나는 배가 점점 고파오고, 이미 더는 못 참을 만큼 배가 고파온다. 그러나 나에게는 도시락이 있다! 아, 든든하다.

"자, 이제 식사들 할까?"

상사가 양손을 머리 위로 크게 뻗으며 굵은 목소리로 말한다. 업무 중에는 그렇게 엄격하던 사람이. 그 한마디에 세상이 환해진다.

어서 먹자. 나의 식탐은 어느새 벼랑 끝까지 몰려 있다. 도시락을 꺼낸다. 그것을 싼 부드러운 천의 매듭을 두 번 풀어 펼친다. 수저통을 치우고 도시락통 뚜껑을 열 때의 작은 기대와 흥분. 김으로 덮은 밥에 우메보시, 반찬은 비엔나소시지볶음과 달걀말이. 완벽하다.

어떤 반찬이건 대부분의 도시락은 내게는 '완벽'해 보인다. 연어구이 한 조각에 깨를 솔솔 뿌린 밥만 있어도. 흰밥에 냉동식품 사오마이(다진 돼지고기에 야채 다진 것을 섞어 밀가루 반죽을 얇게 민 껍질에 싸서 찐 만두—옮긴이)뿐이어도. 어제 먹은 고구마튀김을 조린 것뿐이어도. 완벽하다 완벽해. 그야말로 밥 한가운데에 우메보시 하나를 박은 도시락이라 해도 나는 만족이다, '오오옷! 이건가! 원점이군.'이라고 여기며, 밥을 먹는 속도와 매실의 분량에 세심

한 주의를 기울이면서 마지막 한 입까지 만족하며 먹을 자신이 있다.

허나 도시락을 직접 싸고 싶지는 않다. 귀찮다기보다 점심시간에 뚜껑을 열 때 내용물을 미리 알고 싶지 않아서다. 열어봤더니 전날과 같은 반찬이어도 좋다. 사먹는 도시락은 그 점이 재미가 없다. 답을 알고 있으니까. 가격을 알고 있다는 것도 마음에 들지 않는다.

그렇다고 어머니가 만들어준 것이 좋다거나, 사랑하는 아내의 도시락이 최고라는 그런 달달한 분위기의 얘기를 하는 건 아니다. 그래도 누군가가 나, 혹은 우리(여러 동료)를 위해 만들어준 것이라는 게 일단은 도시락의 기본일지 모른다. 만들어주는 사람이 없으면 직접 만들어도 좋다. 그 경우 도시락에 무엇이 담겨 있는지, 먹기 전에 까맣게 잊고 싶다.

대학 때 같이 아르바이트하는 친구와 가위바위보로

중학생 시절, 어느 날 친구의 도시락
유부를 간장으로 조린 것(더구나 안 잘려 있다).

궁극의 검소 도시락

깊이

금색 양은

지금이라면 나는 무조건 오케이! 아~ 추억이 밀려온다.

서로의 도시락을 만들어준 적도 있다. 물론 남자끼리다.
그것도 재미있었다. 맛있었다. 고등학교 때 친구와 체육
시간에 다른 친구의 도시락을 훔쳐 먹은 적도 있다. 그건
잘못했다.

내가 무엇보다 도시락을 좋아하는 이유는 특유의 '향'

때문이다. 이게 또 사람을 미치게 한다. 도시락통 속에서 밥과 반찬 냄새가 돌아다니며 뒤섞여 한 덩어리의 독특한 향이 된다. 가게나 다른 요리에서는 절대로 맡을 수 없다. 알루미늄포일에 단무지만 두세 개만 썰려 있어도 '우와' 하고 감격한다. 향이 돌아다닌다.

도시락 뚜껑을 연다. 밥과 반찬의 냄새가 한꺼번에 코를 자극한다. 정신을 차리고 보면, 도시락통에 얼굴을 처박고서 밥과 반찬을 우걱우걱 씹고 있다. 쓰다 보니 심각하게 허기가 밀려오는군.

이거
고민이군

에키벤을 다 먹은 뒤 나무젓가락은 모두 어떻게 해?

어떤 이는 원래의 젓가락 포장지에 넣지만.

더러운 발로 깨끗한 양말을 신는 것 같아서 말이야.

또 어떤 이는 씩씩하게

빠 직!

둘로 나누어 도시락통에 넣어 뚜껑을 닫는데

그것도 뭔가 난폭한 느낌이 들어 못 하겠다.

젓가락을 씻은 다음 깎아서 화단의 고양이 쫓기용으로 사용하는 사람도 있는데 그것도 믿을 수 없다!!

왠지 무섭다……

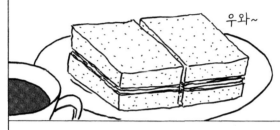

야식 만들었는데······

우와~

출출한 밤, 부담 없는 야식으로 샌드위치만 한 게 없다.
차가운 샌드위치 한 입, 따뜻한 커피 한 모금을 음미하며 먹어볼 것.

———————————— 샌드위치는 '식탐'과는 전혀 안
어울린다. 뭐랄까 '먹는다'는 말이 안 어울린다. 샌드위치
는 저녁밥이 안 된다. 역시 간단한 식사다. 설령 샌드위치
에 고기나 채소가 듬뿍 들어가 있어도, 많이 먹어서 배가
터질 것 같아도, 왠지 믿음이 가지 않는다.

손에 쥐었을 때 흐물흐물한 느낌도 미덥지 않다. 똑바

로 집어 들지 않으면 뿔뿔이 흐트러져버린다. 그런 주제에 세게 잡으면 찌부러질 만큼 약하다. 모든 면에서 오니기리와 큰 차이가 난다. 어느 파티에 가든 쉽게 볼 수 있는데, 그 모습이 얼마나 쓸쓸한지. 인기가 없어서 그런지 언제나 빵이 말라 있다. 작은 조각으로 잘려 이쑤시개에 꽂힌 채, 올리브가 곁들여 있는 것도 무리하게 고급스러운 느낌을 내려고 용쓰는 것 같아 애처롭다.

'BLT'라고들 하기에 뭔가 했더니, 베이컨·양상추·토마토를 넣은 샌드위치의 약자란다. 좌절. 옆에 포테이토칩과 피클을 더해 1000엔 정도에 내놓고 있다. 대단한 거라도 되는 양. 뭐 하는 짓인가 싶다.

하지만 어쩌다 가끔 샌드위치가 아주 기쁠 때도 있다. 그건 역시 직접 사거나 만들지 않고, 일하는 도중에 누군가가 따뜻한 커피와 함께 내밀 때다. 형식이 갖춰진 테이블이 아니라 업무 책상이나 작업실에서 일을 중단하고 먹으면 훨씬 맛있다. 그럴 경우 안에 든 속은 뭐라도 좋다. 햄도 좋고 달걀도 좋고 참치도 좋다.

중요한 것은 샌드위치의 등장 타이밍과 그 의외성이다. 예를 들면 이 글을 쓰고 있는 지금, 작업실의 벨이 '띵동' 울린다. 누구지 하며 나가 보니 아는 얼굴이다.

"갑자기 죄송합니다. 근처에 왔다가 일하고 계시면 먹을 거라도 챙겨 드릴까 하고."

하면서 손수 만든 샌드위치를 들고 와준다면 나는 기뻐서 날뛸 텐데.

샌드위치는 좋은 음식이다. 갑자기 받아도 부담스럽지 않은 가벼움이 좋다. 강요하지 않는 듯한 부분이 좋다. 쓸데없는 신경을 쓰지 않아 좋다. 입에도 위에도 부드럽다. 또 뜨거운 커피가 잘 어울린다. 샌드위치의 차가움이 살아난다. 햄 샌드위치. 버터와 햄만으로도 제법 풍미가 깊다. 거기에 마요네즈와 양상추만 들어가도 더욱더 풍성해진다. 마요네즈의 산미가 식욕을 배가시킨다.

달걀 샌드위치도 기본이다. 삶은 달걀을 으깨서 마요

네즈로 버무린 속을 사이에 넣으면 끝. 그리운 맛이다. 마음이 순해질 것 같다. 참치 샌드위치는 양파 슬라이스가 섞여 있으면 더 말할 것도 없다. 빵 너머로 사각 하고 씹히는 기분이 죽여준다. 감자샐러드도 좋지. 역시 양파와 오이가 악센트. 그러고 보니 오랫동안 안 먹었군. 먹고 싶네. 글을 쓸수록 더더욱 먹고 싶어진다. 아, 배고파.

묵직한 샌드위치로는 돈가스 샌드위치가 있는데 신칸센에 탈 때 가끔 산다. 그런데 어째서 돈가스 샌드위치에 양배추를 안 끼워놓는 가게가 많을까.

나는 고로케 샌드위치를 만들 때 식빵에 고로케와 양배추 저민 것을 올려 소스를 뿌린 다음 빵 하나를 반으로 접는다(빵 두 장에 속 재료를 끼우면 속이 흘러나온다). 빵빵하게 부풀어 오른 그 모습에는 샌드위치의 가벼움을 넘어서는 든든함이 있다.

잘게 다진 고기 샌드위치도 직접 만들어 먹으면 어설픈 돈가스 샌드위치보다 중량감이 있어, 먹을 때 손에 전해오는 묵직함이 좋다. 다진 고기 샌드위치는 '먹는다'라는 말이 어울린다. 내가 만든 것은 샌드위치보다는 '다진 고기말이'에 가깝지만.

중학생 때 읽은 추리소설에서 사설탐정 셜록 홈스가 심야에 녹초가 된 몸으로 추운 방에 혼자 돌아오는 장면이 있었다. 그때 그는 공복을 달래기 위해 버터만 끼운 차가운 샌드위치를 물과 먹었다. 그 적적함, 쓸쓸함에 마음 밑바닥까지 냉랭해졌다. 샌드위치가 데우지 않는 차가운 빵이라서 그런 거겠지.

나는 토스트 샌드위치를 훨씬 좋아한다. 빵이 구워져 바삭바삭한 것도 마음에 든다. 냄새도 좋다. 눌어붙은 향이 입안에서 버터와 어울려 환상이다. 샌드위치 백작이 18세기 중반에 샌드위치를 발명했을 때도 토스트에 콜드비프를 끼워 넣은 것이라 한다. 토스트 샌드위치가 오리지널인 셈이다.

햄 토스트가 제일 좋다. 버터를 바른 두 장의 토스트에

샌드위치 발명가, 존 몬테규 샌드위치 백작

(도박을 좋아해서
밥 먹는 시간을
줄이기 위해 발명.)

햄과 양배추 저민 것을 소량의 마요네즈와 함께 끼우고 서 반으로 자른 것. 이것을 따뜻한 커피와 함께 먹으면 피곤으로 뒤틀린 심사도 따뜻하게 진정된다. 홈스에게 가져다주고 싶다.

살짝 부친 달걀이나 치즈도 토스트 샌드위치에는 찰

떡궁합이다. 그 향긋함과 버터가 촉촉하니 전체에 잘 배어 있어 식어도 맛있다. 소풍 간 아이에게도, 야식으로 들고 가기에도 토스트 샌드위치라면 좋다. 끼워 넣을 속 재료가 하나도 없어도 사이에 버터를 바르고 마멀레이드나 잼을 발라놓기만 해도 몇 시간의 '재우기'로 자연스럽게 감칠맛이 생겨난다.

지금 먹고 싶다. 책상 위에서, 탄 빵 부스러기를 흘려가며 식은 토스트 샌드위치가 먹고 싶다. 음료는 뜨거운 인스턴트커피에 우유를 넣은 거면 된다. 저절로 마음이 풍요로워질 거다.

이러면
곤란해

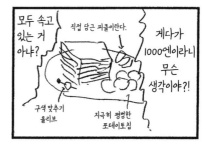

에, 이렇게나 많이 ……

괜찮겠어?

볼이 미어지도록 야채 쌈과 함께 먹어야 제맛.
메인 요리인 회를 맛있게 먹고 싶다면 밑반찬은 적당히.

한국 요리점에서 회를 먹었다. 감성돔 회 14000엔. 생각보다 비싸다. 그래도 이번 기회에 한번 제대로 먹어 보자.

먼저 전복죽이 나왔다. 공복의 위로 부드러운 죽이 스며든다. 그리고 김치. 이 김치가 정말이지 감동적으로 맛있었다. 한 입 먹으면 식탐에 불이 붙는 듯한, 풍부한 매콤함 속에 그윽하게 풍기는 단맛이 나는 최고의 김치. 집에서 갓 담근 것 같은 맛이다.

게다가 생선구이, 오이김치, 깍두기, 진미채, 샐러드, 메추리알조림, 한국 김, 나물……. 작은 접시로 끊임없이 나온다. 안 시켰는데. 조금 불안해진다.

헌데 모두 찔끔찔끔 먹다 보니 감질나서 미치겠다. 게다가 어느 접시든 밥 한 공기 뚝딱할 수 있을 정도로 맛있다. 그러나 여기서 너무 먹으면 메인을 실컷 못 먹으니 아껴둔다.

그리고 이 가게의 메인, 감성돔 회 큰 접시가 나왔다. 14000엔은 역시나 비싸다고 생각했는데, 살이 꽉 찬 큰 감성돔 한 마리가 활어회로 통째로 나와 놀랐다. 4~6인분 정도다. 이어서 점원이 강조하며 말했다.

"지금까지 나온 것은 전부 공짜예요. 전~부 공짜!"

대충 얼버무리는 듯한 말투. 가격에 포함된다는 말이겠지. 그래도 실제로 엄청 싸다고 느꼈다.

전부 공짜입니다!

(하지만 모두 요금에 포함된 거 아닌가요?)

점원에게 한국식으로 회를 먹는 방법을 배운다. 일본
의 방식과는 전혀 다르다.

"일본에서는 조금만 먹지만 한국에서는 회를 많~이 먹
어요."

점원이 웃으며 말했다. 무슨 의미지? 먼저 손바닥에
상추를 올린다. 그 위에다가 깻잎을 한 장 쌓는다. 거기에 회를 올린다.

"보통 세 점 내지 네 점."

한 번에 그렇게나 먹는 건가. 확실히 '많~이'군. 해선 안 되는 짓을 하고 있는 기분. 그 회에 고추장과 일본 된장을 합쳐 뭔가 또 조금 더한 것을 칠한다. 왠지 모르게 저항이 생긴다. 신선한 감성돔의 흰 살에 그런 것을 바르다니.

거기에 얇게 썬 마늘을 올린다. 나왔다. 생마늘이다. 한국의 특기. 낮부터 마늘 냄새를 풍기게 되는 건가. 허락하지. 그리고 그 위에 통째썰기한 생풋고추를 조금 올린 다음 상추로 전체를 감싼다. '돌돌 마는' 고상한 느낌이 아니라, 삼베 행주처럼 전체를 싸잡아 비틀듯 감싸서 그것을 한 입 가득 볼이 미어터지도록 넣는다는 거다. 아주 와일드하다.

로마에 가면 로마법을 따르라는 말대로 쌈을 입에 한 가득 집어넣고, 턱을 움직였다. 먼저 입안에 퍼지는 맛은 어떻게 해도 상추와 깻잎의 풋내가 나는 맛이다. 그것이 조금 씁으니 고추장 맛이 뒤섞여 한국 샐러드의 맛이 나고, 이건 이거대로 맛있네 하는 단계에 이르러서야 마침내 씹는 맛이 느껴지는 회가 등장, 우물거리는 사이에 전부가 입안에서 하나가 되어, 내가 뭘 먹고 있는 건지 알지 못한 채로 삼키고 있었다.

물론 맛없지는 않다. 하지만 이렇게 혼란스러운 방식으로 먹어도 되는 건지에 대한 의문이 든다. 의문을 해소하기 위해 즉각 같은 것을 또 만든다. 이번에는 조금 대담해져 고추장의 양을 늘렸다. 서둘러 입에 가득 넣어 씹는다. 오? 아까보다 회의 맛이 더 느껴진다! 깻잎과 상추 속에, 그 맛의 윤곽이 감지된다. 이건 확실히 신선하고 맛있는 도미과의 흰 살 생선회다.

'이야~ 이거 의외로 맛있네.'라고 생각할 틈도 없이 나는 다음 상추를 재빨리 왼손에 펼치고 있었다. 이 세 번째 쌈에서 나는 이 방식의 진정한 맛을 완전히 이해했다. 채소가 가득해도 확실하게 회가 주연이다.

"한국인은 회를 불고기처럼 배가 찰 때까지 먹어요."

굉장하다. 회로 배가 차다니. 생각해본 적도 없다. 하지만 이 방식이라면 이해된다. 회를 이렇게도 먹을 수 있다니. 정신이 들자 고추장 탓인지 마늘 때문인지, 나도 모르는 사이 몸이 따뜻해져 있었다. 회로 따뜻해지다니! 회에 대한 내 관점이 완전히 뒤집혔다. 더구다나 놀랍게도 먹으면 먹을수록 더더욱 맛있어지니, 식탐이 시키는 대로 폭주할 수밖에.

나만의
착각

용사마는

김치도
조심스럽게
먹을 것 같다.

보신탕

보글~
보글~

개고기도
먹어본 적이
없을 것
같다.

처음 개고기를
먹었을 때가
생각나는군.

헉!
꽤 맛있다!

그리기만 했는데도
벌써 먹고 싶어져서 곤란하다.

곁들임 반찬은
역시 락교!

본격적으로 먹기 전 후각으로 매콤한 감칠맛을 느껴볼 것.
식은 카레+뜨거운 밥의 조합은 야식으로도 최고.

─────────── 카레라이스는 위험한 음식이다.

그 향에는 식탐을 타오르게 하는 엄청난 마력이 있다. 빈

속에 흡입하면 순식간에 식욕이 끓어오른다. 집에서 카

레라이스를 만들면 무조건 두 접시 이상 먹는다. 갓 만든

카레라이스 한 접시는 식탁에 놓자마자 바로 흡입한다.

나머지 한 접시는 빈 그릇을 정리하러 간 주방에서 서서

먹는다. 알고 있다. 나쁜 버릇이다. 자각하고 있지만 어쩔

도리가 없다. 배가 완전히 찰 때까지 먹지 않으면 성에 차지 않는다.

조금 식은 카레를 조금 식은 밥에 얹어도 맛있다. 완전히 식은 카레를 뜨거운 밥에 얹어도 맛있다. 뜨겁지 않아 속도가 붙는다. 사실은 너무 빨리 먹어서 맛도 잘 모른다. 그래도 좋다. 스푼으로 그러모아 접시에 입을 갖다 대고서 빨아들이듯이 먹는다.

카레를 이런 식으로 먹으니 뼈가 붙어 있는 닭고기 같은 건더기는 성가시다. 뼈를 발라내는 일이 귀찮다. 건포도로 하트를 만들어 올린 신혼부부용 카레나 얇게 썬 아몬드로 장식한 카레는 필요 없다. 감자와 소고기 덩어리가 데굴데굴 굴러다니는, 건더기 큰 카레도 괜히 트집 잡고 싶어진다. 채소며 고기가 푹 익은 탓에 전부 잡탕이 되어 내용물의 구분이 어려워진 상태가 마구마구 먹기에 편해서 고맙다.

허기진 상태에서, 이성을 뛰어넘어 나도 모르게 코가

쿵쿵, 숟가락을 향해 손이 움직인다. 그러고는 입을 벌려 음식을 집어넣고, 턱이 운동하며 이로 잘게 씹어, 혀가 움직이면 꿀꺽 목을 지나, 위장으로 음식물이 떨어진다. 일련의 행동이 반복되는 사이 정신을 차리고 나면 덩그러니 남은 빈 그릇을 마주하게 된다. 강력한 냄새에 자극되어 흥분한 채로 허겁지겁 먹다 보면 맛은 나중에 따라온다. 후각을 찌르는 냄새에 중독되면 이성이고 매너고 없는 야만인이 되고 마는 것이다. 이때 나는 정체를 알 수 없는 만족감과 확실한 행복감을 온몸으로 느낀다. 이것이 내가 생각하는 이상적인 식사다.

나를 미치게 만드는 음식 중 최고는 역시 카레라이스다. 카레에는 마성의 향이 있다. 매콤함 속에 감칠맛이 있다. 눈에 보이는 건 모조리 먹어치운다. 마지막으로 물 한 컵을 벌컥벌컥 들이켜고 나서야 입가를 닦아낸 뒤 정체불명의 우렁찬 소리를 남기며 식사가 끝난다.

"크아! 잘 먹었다!"

집에서 먹는 카레가 가게에서 먹는 카레와 크게 다른

집은 식은 카레를 먹기도 하고, 서서도 먹고, 다 먹고 바로 드러누워도 되고…… 누구의 눈치도 보지 않고 마음껏 몇 그릇이고 마구마구 먹을 수 있다는 것.

밖에서는 이렇게 먹어선 안 되니, 매너를 지키며 교양 있게 먹고 있다. 나에게는 '카레'하면 떠오르는, 나를 흥분시키는 몇 군데의 가게가 있다.

한 가게는 채소 카레가 맛있다. 아주 매운데도 삼키자마자 입안에서 매운맛이 홀연히 사라진다.

한 가게는 엄청난 검정색을 띤, 의문의 향신료가 밥을 색다르게 좋은 맛으로 인도한다.

한 가게는 큼지막한 감자와 고기가 굴러다니고, 루는 뻑뻑하며 샛노란 데다가 아주 매워서 물이 몇 잔이고 필요하다. 그래도 멈출 수가 없다. 먹은 지 한 달 정도 지나면 맹렬하게 또 먹고 싶어진다. 단단히 각오를 하고 먹으러 가면 이상하게도 전보다 안 맵다. 맛이 변했나 싶지만 계속해서 먹다 보면 '역시 이거다!' 하는 확신이 들고 단맛마저 느껴진다.

밖에서 카레를 먹을 땐 향신료가 강하게
코를 찌르는 독특한 맛을 즐긴다.

나는 마음만 먹으면 그 가게들의 카레 맛을 언제든지 입안에서 떠올릴 수 있다. 그런 가게가 있는 거리에 갈 때 면 집을 나설 때부터 들뜬다.

이 글을 쓰면서 내일 점심은 무조건 카레라이스로 정 하는 내가 있다. 그나저나 어디로 갈까나.

야밤의
만찬

자연식, 건강식 따위가 다 뭐람~

새빨간 나폴리탄이 최고!

역 앞에 위치한 오래된 가게일수록 나폴리탄 맛집.
면 위에는 타바스코를 톡톡, 치즈가루도 눈처럼.

──────────── 20년 전, 산속 폐교에서 일주일 동안 생활하는 한 무용 단체의 여름 체험 합숙을 취재했었다. 합숙에는 젊은 남녀 30명 정도가 참가했는데, 상상 이상의 고된 일정 탓에 야반도주하는 이가 몇 명 나올 정도였다.

나는 관찰만 했을 뿐인데도 하루 만에 지쳤다. 아침

6시 기상. 바로 주변 산길 조깅. 도중에 먹을 수 있는 산나물을 발견하면 채취해온다. 식사는 참가자가 모두 손수 지어 먹어야 하므로 재료를 보태기 위해서다. 돌아오면 차와 우메보시(매실절임-옮긴이) 하나만 먹을 뿐. 조식은 없다. 잠시 쉬고는 점심때까지 계속 스트레칭이나 각종 체조를 하며 땀을 흠뻑 흘린다. 기다리고 기다리던 점심은 현미밥과 반찬 한 가지. 반찬은 유부시금치볶음 같은 완전한 채식주의. 국은 없다.

하지만 배고픔의 한계점을 지나 위가 깨끗하게 비워졌기 때문인지 어떤 반찬이건 맛있었다. 단순히 취재만하고 있는 나조차 검소한 식사의 고마움을 알게 되었다. 정오가 되자 참가자들은 감격의 눈물까지 글썽이며 소박한 점심을 허겁지겁 먹었다.

오후에는 한층 더 본격적인 무용 연습. 원숭이 움직임, 호랑이 발걸음, 해초 움직임 등 보기에도 상당한 운동량이라 해가 기울 무렵에는 모두 흐물흐물 녹초가 되어 입도 뻥끗하지 않았다. 저녁밥은 된장국에 반찬 하나. 맥주 같은 건 당치도 않다. 강사의 이야기에도 꾸벅꾸벅, 10시에는 모두 정신없이 곯아떨어졌다.

그렇게 일주일. 겨우 산을 내려오는 날이 되었다. 도망치지 않고 끝까지 버틴 자들은 모두 얼굴이 홀쭉해졌다. 피로에 지친 표정 속에서도 시원한 해방감이 느껴졌다. 합숙소를 나왔을 때 참가자 중 한 명에게 물었다.

"지금 뭐가 제일 먹고 싶나?"

그러자 그는 얼굴을 반짝이며 기다렸다는 듯 웃으며 말했다.

"합숙소 안에서 그것만 생각했어요."

그의 대답은 내 미각의 한가운데를 깊숙이 찔렀다.

"허름한 역 앞 찻집에서 파는 케첩 범벅이 된 새빨간 스파게티, 나폴리탄."

와~ 완전 공감해! 내가 잘 알지! 위의 밑바닥에서부터 포효가 뿜어져 나왔다.

"그래, 그거야. 나도 그게 먹고 싶다. 가자! 나도 먹어야

겠어!"

일주일간 산속에서 텔레비전도 전화도(물론 휴대폰과 컴퓨터도) 없이 세상으로부터 일절 차단된 채 금욕적으로 육체 단련을 해온 젊은이가 원하는 음식. 그건 육즙 가득한 스테이크도 신선한 회나 기름진 튀김도 아니었고, 밥과 맛있게 구워진 자반연어 토막과 바지락된장국도 아니었다.

케첩과 라드(요리용 돼지기름-옮긴이)가 눌어붙는 향이 소용돌이치며 입술까지 새빨갛게 물들 것 같은 나폴리탄. 속은 피망과 양파와 비엔나소시지를 얇게 썬 것과 완두콩이 전부. 도시에서 살아가는 나와 그의 일상적인 식생활이 얼마나 요란한 맛에 길들여졌는지 말하는 듯하다. 아니, 나폴리탄이 건강에 해로운 음식이라는 말이 아니다. 하지만 '케첩으로 새빨간' 그것은 산속에서의 식생활과 비교한다면 세속의 끝, 퇴폐의 달콤한 매력에 가까운 것이 사실이다.

그리하여 우리는 도쿄로 돌아가기 전 역 앞에서 '나폴리탄'을 먹었다. 불투명한 입구 유리문에 스티커 꽃이 붙어 있는 가게였다. 고향집에 있음직한 모양의 접시에 담겨 나온 나폴리탄은 기대 이상이었다. 기쁨으로 가득해질 것 같은 오렌지색 면발에 타바스코를 톡톡 뿌리고, 치즈가루도 눈처럼 뿌려서. 포크를 사용하면서도 마치 국수를 먹는 것처럼 후루룩 요란하게 소리를 내며 맛있게 먹었다.

오, 맛이 진하다! 기름지다! 이거다 이거! 입 주변이 새빨갛게 변할 때까지, 티셔츠에 여러 개의 오렌지색 얼룩을 만들어가며 정신없이 먹었다. 아, 이런 것으로부터 멀어져 있었구나. 오랫동안 나폴리탄을 전혀 먹지 않았는데도 '그래, 이 맛이지.' 하는 마음의 소리가 들렸다. 케첩의 눌어붙은 향이 확실히 내 대뇌에 박혀 있었군.

그런 스스로가 어찌나 희한한지, 정말로 말 한마디 하지 않고 흡입했다. 피망 조각을 입안에서 음미하자 기쁨

의 눈물이 나올 것 같았다. 우리는 굶주린 아귀처럼 접시에 얼굴을 박고 핥듯이 먹었다. 맛있었다. 정말로 익살맞은 문명의 감칠맛이었다. 다 먹고 난 접시가 케첩과 기름으로 번들번들 빛나고 있었다.

합숙의 의미가, 수행의 성과가, 전부 도로아미타불이 되는 악마적 만족감이었다. 겨우 떨어져나갔던 세속의 때가 벌써 전신을 뒤덮고 있었다. 그는 일주일 만에 마일 드세븐을˙피우며 황홀하게 도취되어 있었다. 나는 소독약 냄새 나는 물을 어느 때보다 기분 좋게 벌컥벌컥 마셨다. 그리고 우리는 도쿄로 돌아왔다.

지금도 가끔 맹렬하게 그날의 나폴리탄이 먹고 싶어진다. 허나 그건 어디까지나 그리운 옛날 나폴리탄 스파게티가 먹고 싶어졌을 때지, 합숙 후 그날의 갈망과는 역시나 다르다. 지금 또다시 일주일간 그 합숙에 간다면 그때와는 다른 것이 먹고 싶어질지도 모르겠다. 과연, 그 음식은 무엇이려나.

단골의 특권

진보초의 오래된 카페로 간다.

옛날 그대로의 나폴리탄을 먹고 싶을 땐

그 카페의 단골이 되면 커피와 땅콩이 나온다.

단골의 단계를 넘어서면 바나나를 내준다.

커피를 마시며 바나나를 먹고 있는 이상한 사람이 되어버린 나.

오물~ 오물~

쉬지 말고
휘저어라!
휘저어라!

간장과 송송 잘게 썬 파만 넣어 먹는 것이 기본 중에 기본.
충분히 휘저은 낫토를 입에 넣고 후각으로도 풍미를 느껴볼 것.

낫토는 어릴 때부터 좋아했다. 어느 정도였냐면 매일 아침 먹어도 질리지 않고, 낫토가 저녁 반찬의 전부여도 전혀 불만이 없을 정도로 좋아했다. 그래서 낫토를 싫어하는 사람을 보면 참 안타깝다. 급기야 이런 말을 하는 사람도 있다.

"낫토는 인간이 먹는 음식이 아냐."

낫토의 참맛을 모르다니, 말이 안 통하는 느낌이다. 뭐

괜찮다. 분명 그도 언젠가 알아주겠지. 낫토의 참맛을 알게 되면 그의 식생활은 한층 풍요로워질 테니. 그의 아침이, 그의 인생이 훨씬 반질반질 윤이 날게다. 그날이 기다리고 있다는 것만으로도 행복하다. 그러니 괜찮다.

물론 그의 기분을 모르는 바는 아니다. 생각해보면 나도 처음엔 삭아서 실처럼 질질 늘어나는 콩을 어째서 먹으려 하나 싶었다.

낫토는 먹는 방식이 다양한데, 나는 간단하게 간장과 송송 잘게 썬 파만 있으면 된다. 겨자와 가다랑어포는 있으면 흔쾌히 넣기도 한다. 필수는 아니다. 이제는 파가 없어도 화내지 않는다. 진정한 어른이 된 거지.

히키와리 낫토(완전히 익은 대두콩을 잘게 빻아 발효시켜 만든 것-옮긴이)는 쓸데없이 참견하는 느낌이 들어 별로 좋아하지 않는다. 가만히 놔뒀으면 한다. 뭔가 요즘 팔고 있는 '옛날 맛'처럼 입자가 크고 거무스름하니 별로 안 끈적이는 것도 딱히 필요치 않다. 나오면야 기쁘게 먹겠지만 내

돈 주고는 안 산다. 슈퍼에서 곁눈으로 보기만 할 뿐. 식탁이 반응하지 않는다.

어떤 지방에서는 설탕을 더한다고 한다. 처음에 들었을 때는 바본가, 정신이 나갔나 싶었다. 그러나 아주 소량의 설탕을 넣어 섞으면 순식간에 그 끈적끈적함이 배가 된다는 사실을 아주 최근에야 알았다. 그래도 안 한다. 그런 낫토, 나는 싫다.

그 이외에 잘게 썬 절임채소를 넣는 사람, 김이나 파래를 넣는 사람, 우메보시를 잘게 찢어 넣는 사람, 저마다에게 "아이고, 고생하십니다."라고 미소로 끄덕이며 노고를 위로하고 싶다. 맛있다는 거야 알고 있다. 물론 그렇게 먹어본 적도 있다. 그것도 좋지요. 어여들 잡숴요.

아버지는 낫토에 꼭 날달걀을 넣었다. 어린 시절 그 모습을 보고 생각했다.

'날달걀은 밥 위에 얹어 비벼야 맛있는 건데. 뭐든 낫

토와 합체시키다니! 입안을 복잡하게 만들고 있잖아.'

허나 지금은 그 또한 아버지의 인생이리라 여기고 있다. 어리석은 자식이 참견해서는 안 된다 싶어 내버려두고 있다.

하지만 여관 조식으로 낫토를 먹을 때 문제가 발생한

다. 낫토에 사용한 젓가락은 미끌미끌해져서 절임채소나 생선구이 같은 반찬을 집을 때 미끄러지기 십상이다. 그리고 젓가락에 들러붙은 낫토의 맛이 다른 모든 반찬에 영향을 주고 만다.

이를 고민하는 사람은 의외로 많은 듯하다. 크게 두 파로 나뉜다. 젓가락을 각각 사용하여 낫토 전용 젓가락을 만드는 파. 그리고 반찬을 다 먹고 나서 낫토를 먹는 파. 나는 그 어떤 것도 하지 않은 채, 아무 대처 없이 낫토로 미끌미끌해진 젓가락을 그대로 사용한다. 단무지를 집으려 짜증을 내면서 게걸스레 끈적끈적 먹고 있다.

낫토는 아무튼 잘 휘젓는다. 온 힘을 다해 일심불란하게 젓는다. 그렇게 해서 끈적끈적함이 충분히 나오면 마침내 간장을 떨어뜨리고 동시에 잘게 썬 파를 넣어 다시 처음부터 새로 휘젓듯 정신없이 섞는다. 점점 갈수록 더 맛있어진다. 그렇게 믿고 있을 뿐인지도 모른다. 허나 그렇게 함으로써 진정 맛있어진다.

이 구스미가 휘저은 낫토는 맛있다. 한 치의 망설임도 없이 그리 생각한다. 이 자신감은 뭔가. 이 자신감이 일이나 인간관계에도 나타났다면 나는 더 훌륭한 인간이 되었을 텐데.

밥에 낫토를 올려 입으로 가져가며, 입 주위에 끈적끈적함이 묻지 않도록 조심히 먹는다. 뜨거운 밥과 차가운 낫토가 만나 입안에서 뒤섞여, 뒤죽박죽 혼잡함 속에서 어떤 깊은 풍미가 일어나 코로 빠져나간다. 앞으로 일생 동안 반복될 더없는 행복의 순간이다. 낫토를 좋아해 다행이다. 낫토만 있으면 그걸로 충분한 나여서 다행이다.

오늘 저녁은 낫토밥. 큰 숟가락 가득 무즙과 가다랑어포와 파, 잘게 찢은 소량의 우메보시와 겨자를 넣어 섞는다. 무즙이 찰기를 누르고 그 아린 맛이 산뜻하게 낫토의 세계를 확장시킨다. 가다랑어포가 뒤에서 깊이를 연출하고 있다. 그들과 밥의 합주가 또 더할 나위 없다. 그리고 간장 만세! 파 만세!

만들어 다 먹기까지 소요시간 9분의 디너. 식후에 엽차 한 잔이 주는 더없는 행복. 불평은 용납하지 않는다(하지만 찻잔을 씻을 때 미끌미끌해서 귀찮군).

취향의
문제

하지만

낫토는
매일 아침
먹어도
좋을 만큼
좋아.

못 먹을 거야
없지만……

아마낫토*는
싫다.

타닥
타닥

아마낫토는
달달한
콩일 뿐이라고!

아직도
납득이
안 돼!

진짜
낫토가
아니야!

★ 삶은 콩이나 팥을 꿀물
에 졸여 설탕에 버무린 과
자 - 옮긴이

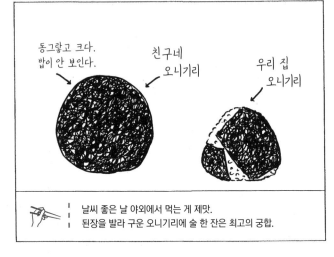

동그랗고 크다.
밥이 안 보인다.

친구네
오니기리

우리 집
오니기리

날씨 좋은 날 야외에서 먹는 게 제맛.
된장을 발라 구운 오니기리에 술 한 잔은 최고의 궁합.

──────── 편의점의 오니기리는 해마다 맛

있어지고 있다. 그런데 여전히 도무지 납득 안 되는 것이

있다. 속이 밥의 중심에 들어 있지 않다는 사실이다. 대부

분의 속은 오니기리 중심이 아닌 본체의 측면에 자리 잡

고 있다. 혹은 살짝 파고 들어가 있을 뿐.

나는 그건 진정한 오니기리가 아니라고 본다. 속은 새

하얀 밥의 중심에 핵으로 존재하길 바란다. 세 모서리의 어느 부분부터 먹어도 똑같은 거리에 깊게 숨어 있길 바란다. 분명 그것은 기술적으로 꽤나 어려울 테지. 어릴 때 어머니가 만들던 오니기리도 속은 중심에서 벗어나 있었다. 아무리 먹어도 나오지 않아 안달복달하기도 했다.

편의점에서 파는 오니기리는 당연히 기계가 만들겠지. 나는 그건 개의치 않는다. 별수 있나. 아르바이트생이나 파트타임 직원이 어딘가의 공장에서 낮은 급여로 마지못해 만드는 오니기리보다야 나을지도 모른다. 하지만 일본이 자랑하는 정밀기계라면 밥의 중심에 정확하게 속을 넣을 수 있어야 하지 않을까?

아무튼 오니기리는 속이 김에 맞닿아서는 안 된다고 생각한다. 흙 묻은 발로 다다미에 올라와 있는 듯한 기분이다. 어쩐지 굉장히 중요한 것을 경제 효율이나 합리성으로 무시하는 듯한 기분이다. 진심이라는 것을 잊고 있는 듯한 기분이다. 오니기리란 단순히 속만 채우는 게 아니라, 실은 진심을 함께 넣는 게 아닐까. 그러니 밥과 김 사이에 착 끼워지기만 해서는…….

속은 밥으로 완전하게 감싼 다음 김으로 싸면 좋겠다. 그것이 고매함이 아닐까. 김으로 싸면 다 똑같다는 사고방식이 하찮다. 품위가 없다. 입에 들어가면 다 똑같다는 사람은 메밀국수의 국수만 먼저 전부 먹고 국물을 마신

속은 중심에 있기를.

공간 기본 모델

핵

다음 마지막으로 잘게 썬 파만 잘근잘근 씹어 먹어라. 아무 양념도 안 찍은 초밥을 먹고 나서 간장을 마시면 된다.

오니기리는 일본만의 음식이라고들 한다. 그 말에 동의한다. 척 보기에도 실로 일본적인 느낌이 난다. 색, 형태, 조리 방식, 맛까지. 라이스볼이라는 말에는 '오니기리'라는 말의 깊은 뉘앙스가 조금도 없다. 볼이 아니다. 구가 아니다. 그 동글동글한 삼각 모양에 신이 깃드는 것이다. 쌀을 주식으로 먹는 나라는 많지만 오니기리를 만들어 먹는 문화는 어디에도 없는 듯하다. 왼손을 부정하게 여기는 나라에서는 밥을 양손으로 쥔다는 건 절대로 상상할 수도 없을 게다. 왼손이 화장실 휴지 대용인 나라의 사람에게 무리하게 오니기리를 만들어 달라고는 나 역시 생각하지 않는다.

밥이라는 우리의 주식이 김이라는 바다의 상징에 에워싸인 모습이 섬나라 일본을 그대로 나타내고 있지 않은가. 김의 흑과 쌀의 백. 수묵화다. 속이 중심에 담겨 있는 오니기리야말로 모든 요리 중에서 가장 일본 특유의 마음을 드러내는 음식이라고 생각한다. 본체의 중심에서 떨어져 한쪽 끝에 속을 넣은 오니기리는 각성하라!

오니기리는 역시 바깥에서 먹어야 제맛이다. 청명하게 펼쳐진 풍경이 보이는 장소를 찾아야지. 바람이 지나가는 언덕 위라면 더할 나위 없다. 여름이라면 풀 냄새가 솔솔, 가을이라면 희미한 장작불 냄새가 아른아른, 이른 봄이라면 매화 향기가 감도는 언덕. 겨울은 패스.

산 위에서 인간 세상을 내려다보며 볼이 미어지도록 입에 넣는 오니기리도 최고다. 아득히 빛나는 강이 굽이쳐 흐르고 있다. 실제로 걸으면 어수선하고 너저분한 거리도 산 위에서 내려다 보면 잘 정돈된 모형정원처럼 보인다.

오니기리는 좀 작은 크기 세 개. 아니, 이건 어디까지나 내 취향이다. 큰 거 두 개여도 좋다. 작은 것을 네다섯 개 정도 먹고 싶어 하는 사람도 있을 테고. 사람마다, 집집마다 다를 게다.

속이 안 보이는 것도 오니기리의 큰 매력이다. 내가 가장 좋아하는 건 우메보시다. 나는 말이지 이건 절대로 빼고 싶지 않다. 맛과 그 붉은색에서 일본을 떠올린다. 명란 젓도 좋다. 하지만 툭 떨어뜨리지 않도록 조심해야 한다. 연어도 다시마도 참치도 좋다.

그나저나 오늘의 속은 무엇이려나. 설레는 마음으로 본체의 중심을 향해 한 입 한 입 베어 물어본다.

크~
취한다

구운 오니기리, 이게 또 맛있지!

된장을 발라 구우면 맛있다.

천천히 굽는 게 맛의 비결!

구운 오니기리를 조금씩 먹어 가며

술을 홀짝 홀짝 마시는 것도 최고!

분명 조금씩 마신 것 같은데

캬아~

어느새 취해 있는 불가사의함!

단팥빵

단팥빵 한 입,
흰 우유 꿀꺽~
아, 추억이 나를 부른다

한 입 덥석 베어 물고 싶다.

 단팥빵은 반드시 흰 우유와 함께.
단맛 뒤에 따라오는 희미한 소금기를 느껴볼 것.

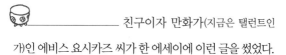 친구이자 만화가(지금은 탤런트인가)인 에비스 요시카즈 씨가 한 에세이에 이런 글을 썼었다.

배가 살짝 고플 때 가장 좋은 것은 역의 밀크 스탠드(출퇴근 시간 일본 직장인들이 애용하는 스낵바. 다양한 종류의 병우유를 갖추고 있으며 함께 먹을 빵을 판매하기도 한다–옮긴이)에서 우유와 단팥빵을 먹는 것입니다.

"맞아!"

나도 모르게 무릎을 치며 끄덕였다. 그거 좋지. 밀크 스탠드에 서서 먹는 우유와 단팥빵이라니. 최고네! 에비스 씨. 실은 한 번도 그렇게 먹어본 적은 없다. 허나 무조건 맛있을 거다. 상상만으로도 확실히 최강의 조합이라는 생각이다.

대학 시절 늘 돈이 없다고 하던 친구는 신주쿠 역 홈에 있는 밀크 스탠드에서 아르바이트를 했다. 그 친구는 이렇게 말하곤 했었지.

"아침은 전쟁이야."

밀려오는 손님을 정리하는 것만으로도 힘들어서 우유병의 종이마개를 따는 속도가 엄청나게 빨라졌다고 한다. 지금에 와서 보면 별 볼 일 없는 특기다.

밀크 스탠드에서 우유를 마시며 단팥빵을 먹는 모습은 왠지 모르게 깔끔한 느낌이 든다. 맥도날드에 들어가 어린이들 뒤에 줄서서 햄버거를 사는 번거로움도 없고,

서서 먹는 메밀국수 가게에서 노인들 속에 섞여 후루룩 거리는 파 냄새도 없다.

밀크 스탠드에는 몇 가지 종류의 우유와 빵밖에 없다. 심플하니 좋다. 아무것도 더하지 않는다. 아무것도 빼지 않는다. 그 이상도 그 이하도 아닌, 허기 채우기. 텅 빈 배로 쑥 들어간다.

단팥빵은 보기보다 살짝 무거워, 그 속에 보이지 않는 앙꼬의 존재감을 느끼게 한다. 그게 또 몹시 허기진 이 위장을 안심시킨다. 뇌도 당분을 원하고 있었는지 모른다. 비닐봉지를 통해 촉촉한 감촉이 전해져온다. 봉지를 찢어 빵을 꺼내 삼분의 일 정도 덥석 베어 문다. 그때 빵을 바로 쳐다본다. 뜯겨 나간 본체 단면에 앙꼬 부분이 나왔는지 안 나왔는지 확인하는 거다. 앙꼬가 조금 삐져나와 있으면 기쁘다. 많이 나와 있으면 처음에 속을 너무 많이 먹어 빵을 다 먹을 즈음 앙꼬가 없으면 어쩌나 하고 걱정된다.

하지만 첫입을 베어 물고 나서 앙꼬가 전혀 안 나와 있으면, 그건 또 그거대로 실망스럽다. 이 자식, 한쪽으로 몰려 있군, 두고 보자. 평소 밥과 반찬의 균형을 생각하면서 먹는 버릇이 단팥빵 하나에도 나와 버린다. 궁상맞기는.

앙꼬를 별로 안 좋아하는데도 단팥빵에 들어 있는 건 예외다. 아직까지 상투 틀던 사람이 남아 있던 메이지시대 초기, 서양문화 속 전통의 흔적 같은 느낌이다. 옛 정취가 남아 있는 소박한 맛! 서양에 대한 동경과 전통이 만나 입안에서 하나가 된다. 바쁘게 오가는 사람들 사이에 서서 단팥빵을 베어 물면서, 그런 상상을 하고 있을 거라고는 아무도 생각하지 못하겠지.

빵의 살짝 쫀득한 식감에 앙꼬의 두툼한 단맛이 한데 어우러지자, 단팥빵 특유의 은은한 달큰함이 혀 위로 밀려온다. 단팥빵에는 단맛과 함께 희미한 소금기가 있다. 이 희미한 소금의 맛을 느끼게 되는 순간, 어른이 되었다고 말할 수 있다. 이 맛이 크림빵이니 잼빵이니 하는 것과의 한 끗 차이를 만든다. 빵을 삼킬 때도 다른 빵보다 조금 더 헤어지기 서운하다.

　　그리고 우유. 이때는 커피우유보다는 기본 중의 기본 흰 우유가 좋다. 입에 남은 앙꼬 맛 덕에 우유가 더 맛있어진다. 그리고 단팥빵의 단맛을 우유가 눌러준다. 미묘한 콤비네이션!

　　우유는 역시 병째 마시고 싶다. 팩 우유를 빨대로 쪽쪽 빨아 마시면 몸을 웅크리게 된다. 게다가 고개까지 숙인 채 입을 뾰족하게 오므리고서 눈을 내리깔면 칙칙해진다. 반대로 병 우유를 마실 땐 자연스럽게 등이 곧게 펴진다. 시선이 하늘을 향한다. 느긋하고 시원한 느낌이다. 오른손엔 우유, 왼손엔 단팥빵. 우유 꿀꺽, 단팥빵 덥석. 오른손엔 희망, 왼손엔 용기!

　　분주한 역에 자리 잡은 밀크 스탠드에 서서 우유를 고르고 단팥빵 봉지를 뜯어 한 입 베어 문다. 순식간에 깔끔하게 먹고 마신 후 병은 반납하고 빵 봉지는 버린다.

잘 먹었습니다. 다녀오겠습니다. 아~ 좋다. 도시의 어지러운 혼잡 속에 한순간 나타난 한가로운 풍경이라니.

배꼽의 맛

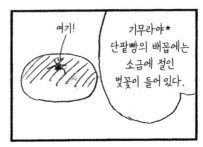

★ 일본 최초의 단팥빵 :
　- 옮긴이

이제 낫는다!

아프고 난 후 먹는 뜨끈한 죽은 보약.
맛있는 점심을 먹고 싶다면 아침은 무조건 죽 한 그릇만.

죽은 언제나 환영이다. 특히 감기
로 최악의 고비를 넘긴 다음 날, 열이 내리기 시작해 두통
도 설사도 가라앉았을 즈음 먹는 죽 한 그릇. 그럴 때 먹
는 죽만큼 건강의 고마움을 온몸으로 느끼게 하는 음식
이 있을까. 한 입 한 입 감사하는 마음이 뜨겁게 심신으로
스며들어 간다. 에너지가 되살아나고 뚝 떨어졌던 입맛
이 돌아온다. 아, 배가 고프다. 병중에는 숨기고 있던 식탐

이 쪼르르 경박한 얼굴을 내민다.

히라가나로 'おかゆ(오카유, 죽의 일본식 발음-옮긴이)'를 쓰면, 새하얗고 보드라우며 곡식의 포근한 향의 김이 피어오르는, 너무나도 부드러운 음식이 떠오른다. 아프고 난 후 오랜만에 음식다운 음식을 입에 넣었을 때 느껴지는 부드러움 너머의 깊이. 뜨거운 죽이 천천히 식도를 지나 위장을 따뜻하게 데운다. 이윽고 뺨과 등에 살짝 땀이 밴다. 감기에 당하기만 했던 약해진 몸에 다시 기운이 돌기 시작한다. 세력이 약해진 감기 기운이 마지막 저항을 해보지만 이내 쓰러지고 만다. 승리가 눈앞이다!

고등학교 2학년 때 맹장염으로 입원했다. 수술 후 처음 먹은 죽은 정말이지 현기증이 날 정도로 맛있었다. 수술 당일에는 아침부터 아무것도 먹을 수가 없었다. 오전 중에 수술을 하고 나서도 여전히 금식, 밤중에 마취가 풀려 하룻밤 통증으로 고생했다. 그리고 아침, 여전히 몸은 아프지만 배가 고파 왔다. 한창 식욕이 왕성한 나이 열일

곱, 하지만 첫 끼니는 작은 컵에 반 정도 담긴 미음뿐. 조심스럽게 한 모금 넘긴 순간, 위가 움직이는지 더더욱 식욕이 폭발했다. 하지만 잔혹하게도 여기서 끝.

두 번째 끼니때도 밥 반 공기 양으로 죽 한 그릇. 전분이 침과 섞이면 당분이 된다는 과학 상식을 혀로 확인하며 온몸으로 받아들였다. 죽이 이렇게나 깊은 맛이 나고

내가 생각하는 죽의 기본!

완성되기 1~2분 전에 소금으로 간을 한다.

물 7컵

질냄비로
40~50분

소금
약간!

쌀 1컵

맛있었던가. 더 먹고 싶다며 벌러덩 드러누운 채 사정했지만 통할 리가 없다. 이것 참…… 비참하다.

숙취에 시달릴 때도 죽의 활약은 대단하다. 술을 너무 많이 마셔서 위가 날뛰고 있음이 느껴지는 아침. 아니 이미 점심때가 다 된 무렵, 차를 몇 잔 마시고 우메보시 죽을 먹는다. 숙취로 피폐해진 위장으로 부드러운 것이 흘러 들어간다. 아무리 장이 약해도 남김없이 전부 흡수되는 듯한 느낌이다. "상냥하네."라고 죽에게 말해주고 싶다. 아무런 지식도 근거도 없지만, 우메보시가 몸에 좋다는 직감으로 입속에 넣는다. 신맛이 알코올로 축 늘어진 신체를 다잡아준다. 한 그릇 더 먹으면 숙취 완전 해소!

여행지에서 먹는 아침 죽도 좋다. 여관의 본관 2층 식당에 조식권을 들고 간다. 정말로 맛있어서 무조건 한 그릇 더 먹게 된다. 젓가락으로 쓸어 넣으면서 죽을 들이붓는다. 스읍~ 후룩. 착착, 스읍~ 스읍~ 후루룩. 여기서 착착은 젓가락 소리다. 그리고 입에 죽을 머금은 채로 소리를

낸다.

"음~!"

그러고는 또 흡입하듯 죄다 쓸어 넣고서는 테이블에 젓가락을 탁 하고 놓으며 덧붙인다.

"한 그릇 더 해야지."

그렇게 죽 두 그릇을 배가 터질 때까지*해치우고 난 뒤에는 저벅저벅 슬리퍼 끌며 안짱걸음으로 방으로 돌아간다. 지난밤의 흔적이 깔끔하게 정리되어 있는 모습에 실망하며 혼잣말을 한다.

"쓸데없는 짓을 해놨군."

벽장문을 열어 요를 질질 끄집어내서 그 위에 벌러덩 누워버린다. 그리고 손을 뻗어 탁상 위에 놓인 텔레비전 리모컨을 집는다. 텔레비전을 켜고 멍하니 누워서 보내는 배부른 자의 아침은 실로 평화롭다.

사실 내가 죽을 좋아하는 이유는 따로 있다. 소화가 잘되기 때문이다. 아침에 죽을 먹었다면 점심 무렵에는 다음 식사를 위한 완벽한 상태가 된다. 배고픔을 느꼈을 때는 이미 위에 쌀 한 톨 남아 있지 않은 듯한, 공복감이 나를 가득 채우고 있다. 그 느낌이 아주 기분 좋다. 점심 메뉴가 무엇이든 맛있게 먹을 수 있다. 나 같은 탐식가에겐 굉장한 장점이다.

먹보의 하루

무조건 산다!

속은 양배추뿐인데,
400엔이라고?
그래도 좋다.

포장마차 볶음국수는 맛보다는 분위기로.
국수 외에 들어간 재료에 대한 맛 평가는 금물.

 ─────────── 나는 축제에 가면 무조건 포장마
차에서 파는 볶음국수를 산다. 양배추밖에 안 들어 있는
것 같은데 한 팩에 400엔이나 하는 그 볶음국수 말이다.
고기는 넣었다고 말하기엔 미안할 정도밖에 안 들어 있
다. 게다가 고기만 따로 먹으면 딱딱한 게 더 맛이 없다.
면 사이에 가득 들어 있는 양배추도 마찬가지다. 묘하게
하얀 심 부분만 모아 놓은 것 같은 기분이 든다. 그리고

뭐지? 이 소스는? 정말 시커멓다. 어째 위험한 느낌이다. 그 위에 파래와 초생강으로 위장을 해놓은 수상한 한 그릇. 그래도 산다. 그리고 먹는다.

"그거 맛있어?"

누가 이렇게 물으면 어쩌지? 막막하다.

"괜찮기는 한데…… 저쪽에 옥수수 팔더라."

이런 이상한 대답을 해대려나. 나 지금 무슨 소릴 하는 거야. 아니, 나는 '맛있다'고 생각하고 있는 거다. 허나 맛을 생각하기 이전에, 사자마자 자세히 보지도 않고 다 먹어치울 정도니. 역시 좋아한다.

어느 축제에 가든 볶음국수가 보이면 나도 모르게 사야겠다는 생각이 든다. 내게 있어서 포장마차의 볶음국수는 먹는 것은 축제를 즐기는 의식 같은 것이다. 역 앞의 아와오도리 대회(일본의 민속 무용 축제. 축제 기간 동안 대회 참가자들이 전통 춤을 추면서 거리를 돌며 흥을 돋운다—옮긴이)를 보러 가도 무의식적으로 볶음국수를 찾는다. 볶음국수를 안 먹으면 어쩐지 안정이 안 된다. 캔맥주는 그 이후에 마셔도 된다(하지만 캔맥주를 마신다는 사실은 이미 정해져 있다).

동네 유치원 바자회의 마당 텐트에서 유치원 선생이 볶음국수를 만들고 있기라도 하면 더는 못 배긴다. 서둘러 사버린다. 가격도 200엔이다. 게다가 고기도 많다. 양배추도 심 부분은 제거하고 제대로 푸른 부분을 알맞게 볶고 있다. 잘하면 당근이나 양파나 숙주나물 같은 것도 들어 있다. 초호화 볶음국수다.

하지만 어쩐지 그런 게 다 쓸데없는 일이라는 생각이 든다. 이런 거 안 넣어도 되는데…… 영양 따위 생각하지 마라! 더 엉성하고 적당히 해도 된다. 포장마차의 볶음국수는 대충대충 난폭한 느낌이 좋은 법. 국수를 볶고 있는 청년이 펀치파마에 살짝 그을린 피부와 두꺼운 금 목걸이를 두르고 있는 정도면 된다.

벼룩시장하면 볶음국수다. 푹푹 찌는 무더위 아래서

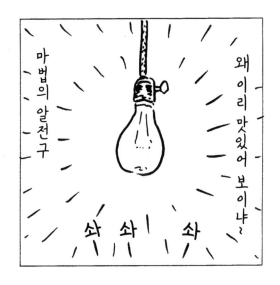

먹는 볶음국수와 캔맥주 그리고 불꽃놀이. 아~ 너무 좋다. 얼마 전에 볼쇼이서커스를 보러 갔을 때도 거대한 텐트 속의 관객석 뒤로 늘어선 포장마차에서 볶음국수를 샀다. 살짝 어두컴컴한 느낌의 알전구가 '포장마차 볶음국수'의 매력을 급상승시켰다.

볶음국수는 그 투명한 팩의 뚜껑을 고정시키는 노란 고무줄을 벗기면, 뚜껑이 팍 하고 튀어 오르듯 열리는 그 성급함이 귀엽다. 뚜껑 쪽에 파래가 제법 붙어 있는 것이 조금 분하긴 하지만 말이다.

포장마차의 볶음국수를 1년에 서너 번은 먹는 것 같다. 니혼바시에서 열리는 벳타라 장(매년 10월 19, 20일에 열리는 무를 소금과 누룩에 달콤하게 절인 벳타라즈케를 파는 장-옮긴이)에서도 먹으니 여섯 번인가. 제법 자주 먹고 있네.

아흔이 되어서도 포장마차의 볶음국수에 맥주를 마시며 축제를 즐기는 할아버지이고 싶다.

전설의 볶음국수

그래도 좋아하는 이야기라

실화인지는 모르겠지만

히로노미야님★을 닮은 학생이 볶음국수를 볶고 있었단다.

지글

지글

그 옛날 가쿠슈인 대학 축제 때

어머, 얘 실례야~

오빠~ 히로노미야 님 닮았다는 소리 듣지 않아요?

라고 했더니

그래서 손님이

라고 아무렇지 않게 대답했단다. 정말 놀랍지 않나요?

제가 그 히로노미야 입니다.

★ 일본의 나루히토 왕세자
　 -옮긴이

중화냉면

여름을 시작하는
나만의 의식!
시큼한 게 코가
찡~해야 제대로지

여름이 왔다!

여기에 체리가
올라가 있는 거 싫다.

올해 첫
중화냉면!

중화냉면의 매력은 시원하면서도 시큼한 국물.
여름에 마시는 한낮의 맥주는 시원한 중화냉면과 함께.

_____ 매년 오로지 한 번밖에 맛볼 수

없는 것이 있다. 내게 그런 음식은 '그해 첫 중화냉면'이

다. 장마철 와중에 쨍하고 맑게 갠 초여름날의 점심 무렵,

나는 결심한다.

'오늘이야말로 중화냉면의 날이다!'

그 생각이 떠오르고 나면 마음이 들떠서 안절부절못

한다. 내게 '중화냉면 첫 개시의 날'은 본격적인 여름을

알리는 야외 수영장 개장일과 비슷하다. 물론 이날을 정하는 건 나 자신이다. 나에게 확신을 가지고 '오늘이 그날'이라고 선언하는 순간의 기분은 그야말로 최고다.

하도 빨아서 색이 바랜 청바지에 목이 늘어난 티셔츠를 입고 초여름의 거리로 씩씩하게 나가다. 보통의 중화요리점, 라면집이면 된다. 라면도 파는 메밀국숫집이어도 괜찮다. 얇은 접시에 노란 면이 담겨 있다. 면도 무엇이든 괜찮다. 탄성이 없어도, 인스턴트 면이어도 상관없다. 여기에 오이채. 이건 중요하다. 코를 찌르는 향긋한 풋내가 확 밀려오면 이제 여름이군! 하는 생각이 드는 것이다.

달걀지단. 솔직히 말하면 내가 정말로 이걸 좋아하는지 어떤지, 여전히 잘 모른다. 하지만 없으면 허전하다. 그 퍼석퍼석한 식감이 달갑지는 않지만 없으면 또 허전하다. 어쩌면 나는 정말로 맛있는 달걀지단을 아직 먹어본 적이 없을 뿐인지도 모르겠다. 그리고 햄. 나는 얇게 저민 차슈가 아니라 햄뿐이어도 용서한다. 부담 없는 느낌이 들어서 초여름 한낮의 뙤약볕 아래 가볍게 먹기에는 오히려 더 좋다.

색의 조화를 맞춰 소용돌이 어묵채가 속을 더한다. 그 인공적 분홍색이 조잡하면서도 귀엽다. 게다가 의외로 그 씹히는 식감이 나쁘지 않다. 그리고 얇게 썬 김. 이것도 좋군. 김이 있으면 단정해진다. 흑이라는 색이 전체에 중심을 잡아주네.

중화냉면에 숙주나물을 넣는 가게도 많아졌다. 숙주나물의 아삭한 식감을 좋아한다. 본격적으로 면을 먹기 전에, 그것만 양념에 찍어 따로 먹기도 한다. 있으면 있는 대로 아주 기쁜 존재다. 그리고 참깨가 뿌려져 있는데, 예전에는 '쪼그만 게 주장이 강하군, 건방지게.'라고 생각했던 시절도 있었다. 하지만 지금은 인정한다. 적당히만 뿌리면 중화냉면 전체의 깊이를 더하는 멋진 조연이 된다는 걸. 그리고 마지막으로 무조건 초생강! 이건 없으면 안 된다. 새빨간 초생강, 의미는 다르지만 확실히 홍일점이다.

중화냉면의 가장 큰 매력은 양념이 시큼하다는 것이다. 이 신맛이 위장을 힘차게 부추긴다. 여기에 연겨자! 이것으로 최후의 일격! 도중에 한두 번은 코가 찡하고 반응이 오지 않으면 안 된다. 올해 첫 중화냉면이란 말이다. 면을 후후룩 빨아들이고 난 후 코가 찡, 국물을 한 모금 마시고 눈살을 찌푸리며 살짝 '아~' 하고 눈물이 찔끔 나

마지막 남은 국물을 마시고
'으~ 시다!' 후에
코가 찡~해야 제맛!

와야, 그제야 여름이 왔음을 느끼는 것이다. 중화냉면은 이런 거였지, 여름은 이랬지. 그새 또 1년이 지났군. 하면서 남은 맥주를 마시는 것이다.

그해 첫 중화냉면을 먹을 때 나는 반드시 맥주도 함께 주문한다. 낮에 마시는 맥주는 최고다. 따뜻한 라면일 때는 이게 안 된다. 라면이 나오기 전에 맥주를 끝내놓아야 하기 때문이다. 하지만 중화냉면은 맥주와 사이가 좋다. 마시면서 먹을 수 있다. 아주 즐겁다. 여름을 시작하는 나만의 의식. 그것이 바로 그해 첫 중화냉면의 날인 것이다.

헌데 이런 내 마음을 생글생글 웃으며 갈기갈기 찢어놓는 악마 같은 가게가 있다. 실은 올해가 그랬다. 5월 말의 쾌청한 낮. 웬일로 오전 내내 일이 척척 진행되어 낮이 되니 격렬하게 배가 고파졌다. 재킷은 작업실에 놓아두고 티셔츠 하나에 지갑만 들고 밖으로 나왔다. 조금 이른가 싶었지만 바로 오늘이다! 중화냉면 첫 개시!

설레는 마음으로 메밀국숫집의 유리문 안을 들여다봤다. 전에 중화냉면을 먹은 적은 없지만, 벽에 '중화냉면'이라 적힌 것을 확인했다. 거침없이 가게 안으로 들어가 맥주와 중화냉면을 동시에 주문! 맥주로 우쭐해져 있을 때쯤 나온 그것은…… 무려 된장 육수였다. 겨자 없음. 양념에 가미된 텁텁한 매운맛. 엄청난 쇼크. 더구나 내용물에 해파리까지 들어가 있어 완전 대실망. 어쩔 수 없이 울먹이며 먹고 나왔다.

'올 여름은 망했다.'

그때 나는 아득히 멀리 있는 내년 초여름을 기약했다.

이야!
여름이다

컵라면

과자 이상 밥 미만의
적당한 불량식품,
이거야말로
어른의 간식이지

컵라면이 너무 먹고 싶어!!!

와 장(찮)

갑자기 먹고 싶을 때를 대비해 두세 개 정도는 쟁여놓기.
뜨거운 물만 부어 조리법대로 먹는 게 제일 맛있다.

_____ 컵라면은 항상 갑자기 먹고 싶어진다. 다양한 컵라면이 있지만 원조 '닛신 컵누들'이 역시 제일 좋다. 가게에서 먹는 라면과 확연히 다르다는 점이 좋다. 튀기지 않은 생면이라든가 스프와 기름이 각기 다른 봉지에 들어 있는 '본격파'는 필요 없다. 건방지다. 고작 컵라면에 그런 교활한 기술을 사용해서 어쩌자고. 본격적인 라면이 먹고 싶으면 나가서 사먹으면 된다. 컵라

면은 컵라면만의 맛이 나야 순수하게 맛있다. 최근에는 유명한 가게의 라면을 컵라면으로 만든 제품들이 출시되고 있으나 먹어 보고 싶다는 생각은 요만큼도 안 든다.

중학교 1학년 때 '닛신 컵누들'이 나왔다. 플라스틱 포크로 먹는다는 게 재미있었다. 어느샌가 나무젓가락으로 바뀌었으나 나는 지금도 가끔 그 포크로 먹고 싶어진다. '누들'이라는 이국적인 느낌을 강하게 어필하기 위한 촌스러운 작전이었을 테지만, 그게 또 오히려 어설픈 장난감 같은 느낌이라서 좋다.

컵라면은 어른의 간식이다. 과자 이상 밥 미만의 적당한 불량식품의 느낌. 많이 먹으면 몸에 해롭다는 말을 듣는 음식에는 이상하게도 더 끌리는 법이다. '심야의 컵라면'을 위해서라면 언제라도 편의점에 다녀올 마음의 준비가 되어 있다.

내가 대학 다닐 때만 해도 편의점이 거의 없었다. 하지만 컵라면 자동판매기는 있었다. 나에게는 마음 착하고

3분 대기법

접시

으~
기다리기
힘든 시간!

성실한 동창생 친구가 한 명 있는데, 지방에서 올라와 학비를 직접 벌면서 학교를 다니던 친구였다. 그 친구는 밤늦게까지 공장에서 아르바이트를 하고 주린 배를 움켜쥔 채 퇴근하곤 했다. 그날도 여느 때와 마찬가지로 먹을 것도 돈도 없는 신세에 심통이 난 상태로 잠을 청했다. 그런데 어쩐지 배고픔에 눈이 떠져 도통 잠이 안 왔다. 그리고 한 음식이 머리에 떠올라 사라질 생각을 안 했다.

친구는 방 안을 마구 휘저으며 겨우 120엔을 긁어모아 잠옷차림에 잠바를 입고 100미터 정도 떨어진 컵라면 자판기까지 빠른 걸음으로 나갔다. 이미 전신의 세포가 컵라면을 원하고 있는 상태였다. 자판기에 돈을 넣고 버튼을 눌렀다. 아래의 입구에 손을 뻗으며 몸을 웅크려 얼굴까지 가까이 가져갔다.

그런데…… 컵라면이 나오질 않는다. 다시 한번 눌렀다. 안 나온다. 손을 깊숙이 넣어본다. 아무것도 없다. 품절 표시는? 켜져 있지 않다. 거스름돈 반환 레버를 돌렸다. 무반응. 돈이 돌아오질 않는다. 또다시 버튼을 눌렀다. 안 나온다. 몇 번이고 계속해서 맹렬히 버튼을 눌렀다. 반환 레버를 몇 번이고 돌렸다. 아주 세게! 손바닥으로 자판기를 팡팡 두드렸다. 아무런 반응이 없다.

전신의 피가 역류했다. 소용돌이쳐 끓어올랐다. 이미 그는 굶주린 짐승이었다. 컵라면에 홀린 망령이었다. 분노가 그의 오른손을 단단하게 쥐게 하더니, 바위주먹이 되어 자판기의 샘플이 늘어선 쇼케이스의 아크릴유리를 세차게 내리쳤다. 둔탁한 소리와 함께 유리에 크게 금이 갔다. 아크릴은 엉망진창으로 깨졌다. 그 너머로 샘플을 낚아챘다. 그러나 슬프게도 컵라면의 속은 비어 있었다.

그제야 정신이 든 친구는 한달음에 아파트로 돌아왔다. 잠바를 벗고 이불 위에 주저앉았다. 잠시 후 마음을 진정시키고 재떨이에서 꽁초를 집어 피우려는 순간, 피가 철철 흐르고 있는 오른손이 눈에 들어왔다.

나는 이 이야기를 듣는 동안 친구의 감정에 깊숙이 빨려 들어갔다. 그리고 맹렬하게 컵라면이 먹고 싶어졌다. 자판기 코너로 가서 바로 컵라면을 샀다. 물론 친구에게도 한 개 사줬다. 뜨거운 물도 나오는 자판기였다. 그런데 웬걸, 젓가락이 없었다. 학교 식당까지 나무젓가락을 가지러 갔다 오면 면이 다 퍼지고 만다. 어쩌지?

우리는 볼펜과 연필을 젓가락 삼아 컵라면을 맛있게 먹었다. 아직까지도 잊을 수 없는 최고의 맛이었다.

추억의 맛

나는 그닥 좋아하지 않는다.

인기 라면가게의 컵라면이 나와 있지만

옛 점포 중화메밀국수
에구치

전혀 비슷하지 않아도 맛없어도 된다!

그런데 '에구치' 컵라면만큼은 나오면 좋겠다!

오니가와라

아쿠마 오카미상 다쿠야

CUP

안에는 에구치 역대 점원의 피규어가 들어 있으면 좋겠다!

고독한 중화메밀국수 에구치*
구스미 마사유키 지음

뭔 말인지 모르는 사람은 이 책을 읽어봐!

★ 2010년 많은 팬들의 아쉬움 속에 폐점된 전설의 라면가게 '에구치'와 주변 사람들의 이야기를 엮은 소설 같은 에세이. 저자 멋대로 직원들에게 별명을 붙이는 등 저자만의 독특한 관점으로 직원들을 관찰하고 상상하며 그려낸 이야기들이 담겨져 있다. -옮긴이

무

궁극의 감칠맛을
내면서도
생색내지 않는
너그러운 녀석

위대하다!!!

무 본연의 맛을 느끼고 싶다면 무즙+간장+따뜻한 밥.
무조림이 곁들어진 메인 요리는 무조건 맛있다.

 ——————— 잡지 기획 촬영으로 점심이 늦어졌다. 너무 배가 고픈 나머지 낯선 정식집으로 무작정 들어갔다. 소간부추볶음 정식을 주문하고 따로 단품으로 구운 김과 무즙을 시켰다. 그랬더니 소간부추볶음이 나오기도 훨씬 전에 밥과 된장국과 무즙이 먼저 나왔다. 뭐야, 센스 없는 가게군. 허나 나는 더는 참을 수가 없어 무즙에 간장을 뿌린 뒤 밥에 올려 허겁지겁 먹었다.

그런데…… 이게 깜짝 놀랄 정도로 맛있었다. 무즙 그 자체의 단맛이 간장으로 두드러져 뜨끈뜨끈한 밥 위에 향이 일었다. 서늘한 무즙과 따뜻한 밥이 입안에서 만나니 젓가락이 쭉쭉 뻗어나갔다. 무의 향과 미묘한 아린 맛도 식욕을 북돋았다. 정신없이 우걱우걱 밥그릇 반 이상의 밥을 먹어버렸다. 무의 위력을 그때 처음 알았다.

그렇다. 무는 아주 맛있다. 그걸 제대로 모르고 있었다. 의외로 대부분의 사람이 그 대단함을 모르고 있지 않을까. '무가 있어서' 맛있는 음식임에도 마치 무를 없는 존재처럼 취급한다. '이 꽁치는 기름이 올라 맛있네.' 하고 말이다. 꽁치 옆에 무즙이 없었다면, 모둠회에 곁들이는 무채가 없었다면…….

절임채소도 오이나 가지장아찌에 비해 단무지는 한 단계 아래로 보고 있지 않은가. 먹으면 아작아작 소리가 나서. 주름이 보기 싫어서. 이런 이유들로 곁눈질하면서 멀리하고 있지 않은가. 칭찬할 때도 '고향의 맛'이나 '그리운 맛' 정도로 매듭짓고 싶어 하지 않는가.

　아무래도 무의식적인 무에 대한 멸시를 느낀다. 연회
나 여관의 석식으로 나오는 후나모리(배 모양의 그릇에 담
겨 나오는 회-옮긴이). 거기에는 대량의 무채가 사용되고 있
다. 회 밑에 깔려서 마치 받침대 같이, 스티로폼이어도 상
관없을 역할을 엄연한 식재료인 무가 떠맡고 있다. 아무
도 안 먹는다. 실제로 여관에서 뒷정리를 하러 온 종업원
의 모습을 봐도 쓰레기 취급을 하며 아무렇게나 젓가락
으로 긁어모은다. 이렇게 무는 방치되고 있다.

　여성의 두꺼운 다리를 '무 다리'라 부른다. 왜 하필 무
냐. 최근에는 별로 쓰지 않는 말이지만, 야구방망이를 휘
두르는 방식 중에 볼인 공을 위에서 내리치듯이 무리하
게 치는 것을 '무 베기'라 부르며 비웃어댔다. 서투른 모
습의 대명사. 왜 그게 무 베기냐. 당최 모르겠네. 무라는
이름이 안 좋은가. 동물계의 '돼지'처럼.
　같은 무리의 채소와 비교해보자. 오이. 한 번 들으면 애

교 있는 울림에 어딘가 말주변이 좋은 느낌도 있다. 수다쟁이지만 결코 얕보지 못하는, 재치 있을 것 같은 이름이다. 당근. 영리한 느낌. 쓸데없는 말은 지껄이지 않지만, 한번 입을 열면 반론의 여지가 없는 의견을 조목조목 말할 것 같다. 우엉. 이것도 촌스러운 시골티가 나지만 소리를 내어 발음하는 순간, 뭔지 모르게 프랑스어를 말하는 것 같은 교양이 느껴진다.

그에 비해 무. 한자로 써도 大根. 큰 뿌리. 그대로다. 히라가나로 써도 'だいこん다이콘.' 의욕이 있는지 없는지 모르겠다. 살갗이 희며 약간 오동통해서 발이 느릴 것 같다. 센스가 없을 것 같은 느낌. 단체의 리더로는 고려하기 힘든 유형. 하지만 이렇게까지 말해도 당사자인 무는 가만히 엷은 웃음을 띠고 있을 뿐이다.

무는 좋은 녀석이다. 위대하다. 그저 조용히 같이 있는 식재료를 대우해준다. 방어무조림. 오징어무조림. 돼지고기된장국에도 무가 들어가면 맛의 깊이가 달라진다. 양

무는 땅속을 드릴처럼 회전하면서
성장하는 듯하다.

그래서 수염이 꼬여 있다.

식에도 잘 어우러진다. 포토푀(소고기, 채소를 물에 넣고 약한 불에서 장시간 고아 만든 프랑스의 스튜 요리-옮긴이)에 넣어보기를, 완벽한 수프를 맛볼 수 있다.

주변의 맛에 배어 메인 재료의 맛을 최대로 끌어올린다. 그 허용량이 엄청나다. 너그럽다. 싸우지 않는다. 받아들이고 평화적 해결에 이른다. 이파리는 된장국이나 볶음요리에, 껍데기는 조림으로, 버릴 게 없다. 맞다. 무말랭이도 있다. 대만에는 무떡도 있다. 굉장하지 않은가. 이렇게나 활약하고 있으면서도 돋보이려하지 않는다. 가만히 주어진 일을 수행하고 있다. 생색 한번 내지 않고 기꺼이 자신의 감칠맛을 내어준다.

지금이야말로 이 무의 위대함을 배워야 할 시대이지 않을까. 무는 위대하다! 모두들 여기에 있는 무에게 더욱 주목하라! 내가 정색하며 이렇게 소리치면 정작 당사자 무는 그러겠지.

"그만해."

수줍어하면서 내 손을 잡아당길 듯하다. 착하고 힘이 세고 멋진 녀석, 정말 좋다.

무가
불쌍해

가다랑어포가
춤추고 있다!

'고양이밥'이나
'야옹이밥'이라고도 한다.

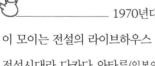
간장을 골고루 뿌려 젓가락으로 '살짝' 섞어줄 것.
고소한 맛을 극대화시키고 싶다면 마요네즈 투하.

1970년대 기치조지에 젊은이들
이 모이는 전설의 라이브하우스 '과란당'이 있었다. 포크
• 전성시대라 다카다 와타루(일본의 유명 포크송 뮤지션-옮긴
이), 시바(일본의 블루스 포크 뮤지션-옮긴이), 도모베 마사토
(일본 포크송의 대가이자 시인-옮긴이) 등이 단골손님으로, 종
종 라이브를 했었다. 혼자 와서 담배를 피우던 노브라의
누나도 있어 고등학생이었던 우리는 가슴이 콩닥거렸다.

그리고 그런 가게의 메뉴 중에는 반드시 '고양이 맘마'가 있었다. 가게에 따라서는 '고양이밥'이라 불렀다.

처음 먹었을 때의 충격이란. 오차즈케(녹차를 우려낸 물에 밥을 말아 먹는 음식-옮긴이)를 먹을 만한 큰 대접에 담은 밥 위에 얇게 깎아낸 대량의 가다랑어포가 올라가 있었다. 오로지 그것뿐. 함께 나온 간장을 직접 뿌려 밥과 가다랑어포를 섞어서 그대로 먹으면 끝. 저런 걸 내놓다니, 괜찮은가. 헌데 남이 주문한 것을 얻어먹었다가 맛있어서 기절초풍했다. 오묘한 감칠맛이었다. 집에서도 먹어본 적 없는 맛이었다.

뜨끈뜨끈한 밥 위에서 얇게 깎인 가다랑어포가 '자자, 쳐다보지 말고 어여 간장 뿌리고 섞어서 듬뿍 떠먹으라니깐!' 하고 속삭인다. 피어오르는 김 때문에 가다랑어포가 비틀거리듯 춤을 춘다. 간장을 골고루 뿌려 젓가락으로 살짝 섞으면 말로 형용할 수 없는 가다랑어포의 향이 밥의 온기와 함께 피어올라, 아주 잠시 느꼈던 공복감이 단번에 부풀어 오른다.

　이거 맛있네. 굉장한 음식이다. 주저 없이 주문했다. 그
리고 어느새 대접에 얼굴을 처박고 젓가락으로 힘차게
착착 소리를 내며 허겁지겁 먹어대는 내가 있었다. 가다
랑어포 향과 간장 향, 그리고 밥 향이 한데 뭉쳐 입안에서
다시 한번 코로 흘러들어가자 지금까지 몰랐던 행복감에
도취되었다.

　"음~"

　나도 모르게 고양이 맘마를 미어지게 입에 넣은 채 코
로 탄성을 지르고 만다. 내가 이리도 배가 고팠던가. 하지
만 위장이 더 달라고 울부짖는다. 테이블에는 마시다 남
은 맥주가 미지근하게 식어 가고 있었다.

　당시 나는 아직 본가에 살고 있었는데, 집에서 쓰던 얇
은 가다랑어포는 매번 가다랑어포를 깎는 도구로 슥슥
깎아 사용했었다. 그런데 '고양이 맘마'의 가다랑어포는
미리 깎여 나와 큰 포장용지에 들어 있었다. 조각조각이

팔락팔락 나부낄 정도로 큰 가다랑어포가 희한하게도 맛있게 느껴졌다. 좌우지간 허접한 음식이다. 그 이름대로 고양이 먹이 같은 먹거리다. 품위가 없다고 하면 너무 노골적인가.

그 이후 술집에서 배가 고프면 자주 먹었다. 남이 주문하면 나도 모르게 외쳐댔다.

"저도요!"

"미안해서 어쩌나, 밥이 다 떨어졌네."

주인에게 그 말을 들은 순간의 뒤통수 맞은 듯한 절망감. 나는 오늘밤 어떻게 해야 하나. 남이 먹는 모습이 어찌나 맛있어 보이는지. 배가 엄청 고프다. 아주 괴롭다.

맞다. '야옹이밥'이라고 부르는 가게도 있었지. 근처 술집 블라인드 레몬이다. 거기에는 '야옹이불알'이라는 메뉴도 있다. 즉 '야옹이밥'에 날달걀을 올린 것이다. 원래 밥에 달걀만 올리면 되는 게으른 초간단 요리인데, 이것도 처음 먹었을 때 예상외의 맛에 크게 감동했다. 뭔가 현

격히 영양가가 높아진 맛이 난다.

한술 더 떠 가게 손님 중에 야옹이밥을 주문해 음식이 나오면 "주인장! 마요네즈 좀 줘요." 하고는, 춤을 추는 얇은 가다랑어포 위에 마요네즈를 주욱 뿌리고서 간장을 드리워 먹는 손님도 있었다. "달걀도 좋지만 나는 이쪽이 좋아."라고 말한다. 밥에 마요네즈 조합은 살짝 불쾌했으나 그래도 맛있어 보인다. 그 모습을 힐끔거리다가 더는 못 참겠어서 똑같이 따라해 보니 이게 참 맛있다! 마요네즈와 간장이 어울리는 건 말린 오징어로 알고 있었지만, 밥과도 어울릴 줄이야.

아, 맞다. '고양이 맘마' 옆에는 대체로 반달 모양의 단무지가 두 조각 정도 곁들여져 나오는데, 이것을 어느 타이밍에 어떻게 먹을지는 중대한 문제다. 배구 시합에서 언제 작전 타임을 부를지는 시합의 흐름을 파악하기 위해 매우 중요하다. 이와 마찬가지다.

대체로 마지막 밥 한 입과 단무지 반 조각이 마지막에 남게끔 조절하며 먹는다. 그리고 함께 입에 넣어 음미하며 삼킨 다음 '착지 성공!' 하고 생각하는 게 나다.

욕심은
금물

★ 후타코타마가와, 도쿄 세타가야 구에 위치한 지명으로 니코타마라는 애칭으로 불린다 옮긴이

★★ 니코타마와 마담이 합쳐진 조어, 니코타마에 거주하며 백화점에서 우아하게 쇼핑을 즐기는 부자 사모님을 일컫는 말이다 옮긴이

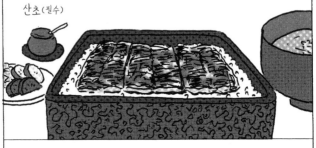

몸보신이 필요할 땐 역시 '장어찬합'이다!

산초(필수)

양념이 잘 밴 장어와 흰밥은 무조건 한꺼번에.
떨어진 입맛을 되찾고 싶다면 '장어 만찬'이 답이다.

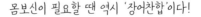 오늘은 장어를 먹어야겠다! 이왕
이면 비싸고 좋은 걸로 먹어야지. 한동안 식욕이 별로 없
던 때가 있었는데, 싼 장어덮밥을 먹었다가 식겁한 적이
있다. 반도 안 먹었는데 기름짐과 느끼함에 진절머리가
났던 것이다. 그래서 장어가 먹고 싶을 때는 쪼잔하게 굴
지 않고 조금 비싼 것을 먹는다. 각오하고 먹는 장어찬합
(우나쥬라고 불리는 장어구이를 찬합에 담은 고급 도시락-옮긴

이) 만찬.

'장어鰻'라는 글자에 이미 양념과 눌어붙은 자국이 따라다니는 듯하다. 장어덮밥으로는 안 된다. 장어찬합이 일본 전통 옷이라면 장어덮밥은 파자마다(말이 심했나). 허나 장어찬합에는 격식이 느껴진다. 허리띠가 한 처의 흐트러짐 없이 단단히 매여 있는 느낌이다.

장어찬합의 그 사각 용기가 좋다. 토막 난 큰 장어구이에 얼추 맞는 녀석. 흰밥이 거의 안 보이는 녀석. 세상에는 뚜껑을 열어도 흰 부분이 전혀 안 보이는 장어찬합이 있을지도 모르겠다. 물론 아직 본 적은 없다. 그것은 내가 모르는 세계. 그래도 언뜻 흰밥이 보이는 편이 우아한 듯 요염한 느낌이 나는데, 괜한 억지이려나.

흰밥이 성대하게 보이는, 메밀국숫집 장어덮밥도 깔보지 않는다. 그건 그것대로 맛있는 음식이다.

'으, 장어를 좀 많이 먹었나? 지금부터는 절임채소와 밥을 중간중간 먹어줘야겠군.'

밥과 장어 양의 배분을 걱정하면서 주의 깊게 먹어나 가는 즐거움. 가성비 높은 행복이다.

하지만 가끔은 나 자신만을 위한 호사를 누리고 싶은 날이 있다. 그런 날엔 무리해서 비싼 장어찬합을 뻔뻔스 럽게 먹으러 간다! 그런 무리함을 비웃지 않고 정중히 받아들여 준다. 그것이 장어찬합이라는 음식의 용기가 지닌 도량이다. 고급 초밥집이나 프렌치 레스토랑에서와는 달리 기죽지 않고 당당하게 먹을 수 있다.

가게에 들어가면 먼저 장어찬합을 주문하고 동시에 맥주와 장어간구이를 시킨다. 비싼 가게는 장어를 주문받은 뒤 굽거나, 자칫하면 찌는 것부터 시작하기도 한다. 기다리는 시간에 장어간구이와 함께 맥주를 마신다. 그게 또 끝내준다. 짝퉁부자가 된 기분. 가게와 나의 묘한 위화감이 즐겁다.

간구이의 쓴맛은 정말로 몸에 좋을 것 같다. 어디에 좋은지 사실 전혀 알지 못하지만, 분명 좋다. 나는 안다. 내 혀는 그렇게 바보가 아니다. 반면에 장어찬합에 따라 나오는 '기모스이(장어의 간을 끓인 맑은 국으로 장어정식에 함께 제공된다—옮긴이)'가 맛이 있는지 없는지는 여전히 잘 모르겠다. 국에 들어 있는 파드득나물에 속고 나머지는 '몸에 좋을 것 같다'는 기분으로 벌컥벌컥 마셔버리는 기분이 든다. 사실은 영양분이 없지 않을까. 사실은 맛없는 게 아닐까. 자세히 보면 징그럽지 않나. 모르겠다.

그리고 줄곧 의문을 가졌던 부분은, 왜 장어찬합을 시키면 울외장아찌가 함께 나오는 가게가 많은가 하는 것이다. 기름기가 많은 장어에는 맛이 진한 울외장아찌는 안 어울릴 텐데. 산뜻한 오이나 무절임, 배추절임이 어울리지 않나, 하고 생각했었다. 허나 그렇게 생각하는 건 초짜로, 장어를 먹어 버릇한 사람은 그 깊은 궁합을 알지도 모르니 여태껏 입 밖에 내지 않았다.

그런데 한 노포 장어집에서 산뜻한 양배추절임이 나왔다. 오! 거봐, 내 말이 맞지? 내 말이 맞잖아? 하고 생각했다. 속이 다 후련했다. 어쩌면 장어의 맛보다 이것에 더 감동했다.

뚜껑을 연 순간, 마치 운동회의 박 터트리기에서 박이 갈라지는 순간처럼 김이 모락모락 피어오른다. 그 구수한, 기품 있는 눌어붙은 향. 거기에 휘감겨오는 양념의 매콤달콤한 향. 탁 하고 젓가락을 세우고 싶어지는 기분을 진정시키고서 산초가루를 뿌린다. 그리고 이번에야말로 장어에 젓가락을 푹 찔러 그대로 밥까지 내뚫어, 한 입 분량의 장어와 밥을 들어 올려 입으로 가져간다. 이 첫술이 최고다. 그 향이 입안에 가득 퍼진다. 가만히 턱을 움직이자 양념의 단맛이 좌르르 허물어지는 장어와 함께 밥과 뒤엉켜, 금세 입안은 농후한 감칠맛의 러브신이 된다. 혀가 떨리고 콧구멍이 넓어진다. 군침이 돌고 위가 으르렁거린다. 십이지장조차 '얼른 이쪽으로 보내'라며 솟구쳐 오르는 듯하다.

이제 나머지는 식탐에 맡기고 여기가 어디였는지도 잊은 채 게걸스레 먹는다. 찬합을 왼손으로 들고 먹는다. 매너 따위 신경 안 쓴다. 구석구석 들쑤시며 흡입한다.

중간중간 절임채소와 기모스이로 입안의 느끼함을 씻어내 리셋하고서 다시 미친 듯이 덤벼든다. 첫술의 그 감칠맛으로 살짝 되돌아간다. 그리고 '음, 여전히 맛있네.' 새삼 맛을 확인하며 먹는다. 점점 절임채소를 집는 횟수가 늘어난다. 후우, 한숨을 돌리면 대체로 7할쯤 없어져 있다. 내 경우 이쯤에서, 장어찬합의 역할은 끝나간다. 이미 충분히 만족하고 있다.

깨끗하게 다 먹고 나면 해야 할 일을 다 끝낸 느낌이라 나도 모르게 뚜껑을 닫아버린다.

'이걸로 됐다.'

스스로에게 들려주는 듯한 기분이다. 그러고 난 후 새롭게 주문한 뜨거운 녹차 한 모금, 이건 뭐 정말로 더없는 행복이다.

이름이 뭐가 중요해?

오사카에서는 장어덮밥을 '마무시*'라고 부르기도 하는 듯하다.

이상한 놈들! 유래 같은 거 듣고 싶지도 않다.

나고야의 장어 먹는 방식인 '히쓰마부시**' 환장하게 좋아한다. 하지만 처음엔

사실 아직도 헷갈린다.

여기요. 이 히마쓰부시***는 뭔가요?

★ 일본어로 살모사라는 의미를 지닌다-옮긴이

★★ 나고야의 명물로 손꼽히는 장어덮밥. 따뜻한 밥 위에 장어구이를 잘게 썰어 올린 음식이다. 히쓰라고 불리는 나무그릇에 담아 나오는데, 이것을 밥공기에 덜어서 먹는다-옮긴이

★★★ 무료함을 달래기 위해 시간을 보내는 일을 의미하는 단어로, 나고야의 명물 장어덮밥을 뜻하는 히쓰마부시와 발음이 비슷해 헷갈리기 쉽다-옮긴이

뜨끈뜨끈한 흰밥엔 젓갈이지!

젓갈을 제대로 먹고 싶다면 갓 지은 흰 쌀밥을 준비할 것.
식탁 위 평화를 지키고 싶다면 양심껏 조금씩 집어먹어라.

미지근하게 데운 술 한 홉에 젓갈이라는 말만 들어도 싱글벙글 입꼬리가 올라간다. 어린 시절, 저녁 무렵 어른들이 모여 한잔할 때면 젓갈을 안주 삼아 먹고 있는 모습을 볼 수 있었다.

하지만 어린 나에게 젓갈은 아무리 봐도 맛있어 보이는 음식은 아니었다. 상한 것 같은 색을 띠고 있다. 헌데 설익은 것처럼도 보인다. 미끌미끌한 게 모양이 분명치 않다. 그런데도 어른들은 그 정체불명의 음식을 맛있게도 먹어대고 있었다.

"집에서 담근 거랑은 차원이 달라. 이거 맛있네!"

모두들 하도 칭찬일색이라 무심코 옆에서 물었다.

"거짓말! 정말로 맛있어요?"

"맛있고말고~ 먹어봐!"

호기심을 이기지 못해 젓가락으로 가능한 작은 자투리를 집어 들어 쭈뼛쭈뼛 입에 넣는다. 그러자 생각한 대로, 생긴 것 그대로의 맛! 비리고 미끈거리잖아. 그만 뱉어내고 말았다. 어른들은 그런 나를 보며 큰 소리로 웃어댔다.

그런데 그로부터 1년이 지나자 또 왠지 맛있어 보였다. 그래서 또 쭈뼛쭈뼛 도전해봤으나, 역시…… 맛있지 않다. 그래도 지금 생각하면 '맛없다'에서 '맛있지 않다'로 바뀌었었군. 그런 과정을 몇 번인가 반복하다 어느 순간 마침내 확신이 섰다.

'이건 맛있다.'

중학교 졸업 무렵이었나. 제2차 성징과 함께였던가(늦되었습니다). 젓갈을 반찬 삼아 밥을 덥석덥석 먹어치우는 나를 보며 어른은 또다시 웃어댔다.

"마사유키는 술고래가 되겠군."

하여간 어른들이란! 허나 그 말대로 되어버렸으니, 그게 또 분하다.

밥에도 이만큼 어울리는 반찬은 좀처럼 없다. 이때의 밥은 갓 지은 흰밥이 좋다. 아무리 몸에 좋아도 현미나 오곡미는 안 된다. 뜨끈뜨끈한 밥에 차가운 젓갈을 올려 젓가락으로 한 입 분을 덜어 볼이 미어지게 넣는다. 입안에서 밥의 온기로 뜸이 들 듯, 젓갈의 풍미가 퍼진다. 씹을수록 기막히게 고급스러운 오징어의 식감이 살아난다.

아무튼 맛있는 젓갈만 있으면 다른 반찬은 필요 없다. 마음 같아서는 테이블 위에 놓인 젓갈통을 독차지하고 싶어진다. 그래서 젓갈은 각자의 작은 접시에 덜어서 내오는 편이 좋다고 본다. 통째로 놓고 저마다 집어먹는 건

좋지 않다. 한 번에 몽땅 집어가는 사람이 있으면 나도 모르게 울컥 화가 치민다.

"어이, 너무 많이 집어가잖아!"

대차게 외치고 싶지만 막상 입을 열지는 못한다. 하지만 쏘아보고 싶어진다. 그렇다고 쏘아보지도 못하지만. 대신 그 젓가락을 쳐다본다. 하지만 그 녀석, 내 시선을 전혀 못 느낀다. 이 둔감한 녀석. 주위에 꼭 있다. 무신경하게 젓갈을 뭉텅이로 집어가다니! 모두가 그렇게 다 집어가면 금세 없어져버린다고! 이렇게 외치고 싶다. 나도 그만큼 몽땅 집고 싶다고! 그렇지만 모두를 생각해서 이 악물고 양보하며 조금씩 집어가고 있는 거야. 이런 생각들을 하고 있는데 또다시 그 녀석이 통에서 젓갈을 몽땅 집어간다. 야! 이 미친놈!

그 녀석은 이야기를 해대며 껄껄거리면서 그 뭉텅이 젓갈을 밥에 척하니 올려 한입에 날름 처먹었다. 그걸 입 안에 넣은 채로, 우물거리며 이야기를 해댄다. 집중하라고! 맛은 보고 있는 거야? 깊은 맛을 제대로 느껴보라고!

더더욱 화가 치밀어온다.

나는 애써 분노와 눈물을 참으며, 떨리는 젓가락으로 소량의 젓갈을 집어 밥에 올려 가만히 음미하며 먹는다. 진짜 맛있다. 하지만 분노로 깊은 맛이 흐려졌다. 분하다. 녀석의 무법행위에 분명 눈동자는 글썽이고 있을 터다. 그게 또 분하다.

하지만 그 생각을 근성으로 뿌리치며 마음을 집중해 감칠맛을 음미하고 있는데, 놀랍게도 그 녀석이 냉큼 또 통에 손을 뻗는 낌새다. 게다가 더 큰 뭉텅이로 집어가면서 지껄인다.

"어라, 벌써 다 먹었네. 이 젓갈 의외로 괜찮네."

믿을 수 없다. 허나 나는 말없이 참는다. 다시 한번 말하지만 젓갈은 개개인마다 정확히 나누어 내놓아야 한다. 아니, 어차피 내줄 거면 한 명당 한 통. 마음껏 뜨끈뜨끈한 밥에 올려 먹을 수 있게 해주던가.

오칸수산의 젓갈 600엔

소박하니 맛이
아주 죽여준다!

아, 격하게 먹고 싶어졌다. '오칸수산'의 젓갈이 일품이
다. 짭조름함, 오징어의 부드러움, 창자 맛이 내 입맛에는
딱이다. 내일 주문해야지.

기막힌
우연

★ 재즈에서 많이 쓰이는
주법으로, 악구가 끝난 후
의 짧은 공백을 연주자들
이 즉흥적으로 연주하는
기법-옮긴이

★★ しおから, 젓갈의 일
본식 발음-옮긴이

추운 날, 기차역에서 먹는 게 최고로 맛있다.

출퇴근길이나 늦은 밤, 역 근처에서 우연히 먹어야 제맛.
서비스로 달걀이 나온다면 무조건 날달걀을 선택할 것.

저녁 무렵에 역을 나와 목적지로 향하려는 순간, 메밀국수 향에 숨이 막힐 때가 있다. 정신을 차려보면 나도 모르는 사이 홀린 듯이 가게로 뛰어 들어가고 있다. 일정이 틀어진다. 하지만 간장과 가다랑어포의 농후한 향에 저항할 수 없다.

도쿄 토박이인 나는 맛있는 우동과 맛있는 메밀국수 중 압도적으로 메밀국수를 좋아한다. 맛있는 수타 메밀국수에 낮부터 긴죠주(청주의 일종으로 60퍼센트 이하로 정미한 백미에 쌀누룩, 물을 더해 저온 발효시켜 양조한 것-옮긴이) 한 잔, 더없이 좋다. 거만해져서 직접 메밀국수를 뽑은 적이 있는데, 그건 별로 맛없었다. 조금 실망했다. 같은 가루라 해도 프로와는 큰 차이로……. 미안, 그런 얘기가 아니다. 자랑은 아니지만 나는 맛있는 메밀국수의 맛은 조금이나마 알고 있다고 생각한다.

그와 별개로, 서서 먹는 값싼 메밀국수를 좋아한다. 라면집에서 먹는 라면과 집에서 끓인 인스턴트 라면의 차이처럼 완전히 다른 음식으로 말이다. 그것도 최근 유행하는 '갓 삶아낸 생면'인가 뭔가 하는 그런 게 아니라 옛날 방식의, 정말이지 메밀가루가 거의 안 들어 있는 듯한, 퍼석퍼석이나 바삭바삭이라 말해도 좋을 정도의 면에다 국물이 간사이 사람을 간 떨어지게 만드는(도쿄식 메밀국수는 바닥이 안 보일 정도로 국물 색이 진하고 맛이 깊은 데 반해, 간사이식 메밀국수는 도쿄 사람들 입에는 맛이 안 느껴진다고 할 만큼 국물이 연하고 담백한 맛이 특징이다-옮긴이) 새까만 메밀국수를.

그 허접한 감각에 환장하는 것이다. 서서 먹는 메밀국수는 정크 푸드의 제왕이다. 가끔씩 그 진한 맛이 너무 먹고 싶어져 참을 수가 없다. 자연스레 발이 목적지로부터 방향 전환해서 메밀국숫집으로 급행, 무의식적으로 손이 포렴을 확 젖힐 때가 종종 있다.

나는 새까만 국물이 좋다!
면도 퍼석퍼석한 게 좋다!

가게에 빨려 들어가며 뭘 시킬지 늘 망설인다. 서서 먹는 메밀국수 마니아는 보통 튀김 메밀국수를 먹는다. 먹는 동안에 튀김이 허물어져 가는 모습은 실로 멋있다. 양파도 대활약한다. 튀김의 기름이 풀리기 시작해 국물 맛이 천천히 변화되는 것도, 마지막에 국물 속에서 튀김 부스러기를 젓가락으로 찾아내 먹는 일도 즐겁다. 궁상맞은 보물찾기다. 헌데 요즘에는 조금 심플하게 먹고 싶어져, 망설인다.

장국에 만 메밀국수도 좋다. 속은 파뿐이다. 그래서 맑고 깨끗하다. 좋지 않은가. 게다가 제일 싸다. 200엔으로 한 끼 해결. 시치미를 파파박 뿌려(장국에 만 메밀국수의 경우 적적해서 시치미를 속의 하나라고 무의식중에 생각하는지, 필요 이상으로 뿌려댄다), 한눈팔지 않고 사정없이 면을 마구 끌어당기며 국물을 후루룩 들이키고는 2분 만에 나온다. 정말이지 꾸밈없는 남자의 삶이라는 느낌. 그런 남자가 되고 싶다고도 생각한다.

하지만 딱히 그렇게까지 멋진 남자가 아니어도 좋다고 생각하는 날도 있다. 장국에 만 메밀국수로는 어쩐지 쓸쓸하다. 그래서인지 겨울에는 다누키 메밀국수(메밀국수에 튀김 부스러기를 넣은 것-옮긴이)를 주문한다. 튀김 찌꺼기, 즉 튀김 부스러기의 기름이 국물을 마지막까지 뜨겁게 유지시킨다. 특히 추울 때 좋다. 튀김 찌꺼기가 순식간에 국물을 빨아들여 흐물흐물 부드러워지는, 근성 없음이 서서 먹는 값싼 메밀국수답다.

유부 메밀국수는 항상 먹는다. 허나 문득 비참해질 때가 있다. 연갈색이 된 유부가 어쩐지 궁상맞아 보인다. 맛없는 가게는 정도가 너무 심해서, 빨다 만 수건을 푹 조려 입에 물고 있는 것 같은 느낌이 들기도 한다. 하지만 맛있는 유부는 씹었을 때 즙이 터진다. 입안에 스며드는 맛이 풍성하다. 여기에 시금치가 아주 조금이라도 곁들여지면 유부의 궁상맞음은 신기하게도 사라진다.

미역을 올린 메밀국수도 가끔 먹는다. 막상 나오면 질

은 국물과 더불어 뭔가 표면이 새까매서 흠칫할 때가 있다. 어쩐지 기분 나쁜 해초가 둥둥 떠다니는 밤바다 같다. 미역이 너무 많으면 면까지 미끌미끌, 입안마저 미끈미끈거린다. 그럴 때는 먼저 미역만 열심히 먹어서 면과 비율을 맞춘다.

가끔가다 산채 메밀국수도. 산채가 두 종류 정도라 맛이 거의 안 난다. 묽고 짜다. 더군다나 산채가 들어 있어서 그런지 국물이 금방 차가워져버린다. 주문한 걸 크게 후회한다.

고로케 메밀국수. 한때 자주 먹었다. 역시 허물어져 가는 고로케의 드라마가 포인트인데, 중요한 것은 마지막 국물 한 입이다. 남은 국물을 호로록 들이마셨을 때, 시치미와 파가 섞인 고로케 부스러기가 국물과 함께 입안으로 거슬거슬 들어오는 순간! 이때가 감동적이다. 헌데 자주 먹다 보니 물렸다.

자, 날달걀을 올린 메밀국수다. 이건 달걀의 노른자를 깨뜨리는 타이밍과, 흰자를 어떻게 먹는지에 따라 그 사람의 성격이 나온다. 짠돌인지, 성급한지, 인색한지, 칠칠치 못한지. 나는 처음에는 달걀을 흩뜨리지 않도록 면을 조심히 먹는다. 그렇다고 너무 예민하게 굴지는 않는다. 국물이나 면에 자연스럽게 얽혀오는 흰자는 그대로 즐기되, 열로 인해 하얘지는 부분은 마치 자식의 성장을 흐뭇하게 지켜보는 부모의 심정으로 먹어나간다.

면을 반 정도 먹었을 쯤 천천히 노른자를 살짝 흩뜨려 걸쭉한 노른자를 메밀국수로 휘감아 먹는다.

마지막 4분의 1은 달걀과 국물 그리고 면이 혼연일체가 된 보드라움을 즐긴다. 이것으로 나 자신을 '관대하나 책임감이 강하면서도 균형 감각이 좋은 사람'이라 판단하며 우쭐해진다.

어떤 메밀국수 체인점에는 서비스로 달걀을 넣어주는 날이 있다.

"오늘 달걀이 서비스인데, 날달걀로 드릴까요, 삶은 달걀로 드릴까요?"

　나는 날달걀로 하는데, 지인은 무조건 삶은 달걀로 한
다. 삶은 달걀은 '국물에 안 녹으니까, 국물을 남기더라도
서비스로 나온 달걀은 확실하게 전부 먹을 수 있다'는 이
유에서였다. 맛과 전혀 상관없는 이 치밀한 계산은 뭐지?

출근길의 메밀국수

서서 먹는 메밀국수

아침 손님의 8할은 단골손님이라고 한다

후우룩~ 후룩~ 후룩

아키하바라 역의 메밀국숫집 주인에게 들은 이야긴데

꺼억~

졸립다~

1분이라도 더 자고 싶은 샐러리맨들이 메밀국수를 아침식사로 하는 경우가 많다던가.

모두 습관이 되어서

어서 오세요!

아, 저 사람은 튀김 메밀국수에 미역이군.

착착

월요일부터 금요일까지 매일! 얼굴만 보고도 알아서 척척 만든다고 한다.

오, 매번 고맙군.

미안~ 급해서.

한 대 놓친 사람은 들어와서 후루룩 한입 하고서는

튀김이 다양하게 들어 있는 게 좋아.

어서 먹자~!

본격적으로 밥을 먹기 전, 튀김만 따로 한 입.
매콤한 양념이 밴 밥과 튀김을 크게 한 입.

―――――――― 튀김덮밥이라고 하면 어느새 나는 진보초에 있는 '이모야'의 튀김덮밥을 떠올리고 만다. 최근 25년간 다른 가게에서 튀김덮밥을 먹은 기억이 없다. 가게 안은 카운터 자리뿐. 메뉴는 세 개, '튀김덮밥'과 '새우튀김덮밥'과 '절임채소.' 이외에는 일절 없다. 맥주 같은 음료도 없다. 이 깔끔함이 기쁘다. 내 마음의 번뇌마저 떨어져 나가는 것 같다.

가게 안에도 쓸데없는 물건은 하나도 없다. 포렴과 맨나무로 된 카운터는 늘 깨끗하고, 훤히 들여다보이는 주방은 언제나 청결하다. 열여덟 살에 처음 이곳에서 튀김덮밥을 먹은 이후부터 변함없는 모습이다. 뭔지 모를 엄숙한 기분이 든다. 그렇다고 해서 거북하고 딱딱하진 않다. 저절로 마음이 편안해진다.

튀김덮밥이라고 하면 새우튀김 두세 개가 밥 위에 크게 불거져 나와 있는 것을 좋다고 하는 사람이 있다. 그 마음도 충분히 이해한다. 그런 사람을 위해, 이 가게에도 '새우튀김덮밥'이 있다.

반면에 나는 새우에 그다지 큰 매력을 못 느낀다. 나는 새우 외에 보리멸이나 오징어나 김 튀김이 올라간 녀석이 좋다. 솔직히 말하자면 다양한 튀김이 먹고 싶은 게다. 내가 좋아하는 방식을 이 가게에서는 '튀김덮밥'이라 부르고 있다.

아무튼 조금 늦은 점심이다. 하늘은 맑다(비오는 날에 튀김덮밥은 안 어울린다). 오늘의 메뉴는 이미 튀김덮밥으로 정해 놨다. 나의 위장도 튀김덮밥을 기다리고 있다. 멀리 흰 바탕에 심플한 검은 간판이 보였다. 기쁨이 몰려온다. 걸음이 빨라진다. 드디어 보인다. 새하얀 포렴이 나부끼고 있다. 좋았어!

미닫이는 언제나 열어 놓고 있다. 나를 기다리고 있는 듯하다. 자리도 비어 있다. 자리에 앉으며 "튀김덮밥." 한마디. "튀김덮밥으로." 점원이 대답한다. "그리고 절임채소도." "네." 쓸데없는 말은 필요 없다. 튀김덮밥 550엔, 절임채소 100엔. 가격도 심플하니 눈부시게 반짝이고 있는 듯하다.

차와 절임채소가 동시에 나온다. 이 녹차가 맛있다. 옛날식 두툼한 찻잔에 제공되는 것도 뭔가 마음이 흐뭇해진다. 절임채소는 배추절임으로 양이 두둑하다. 나올 때 점원이 간장을 살짝 뿌려 내온다. 카운터에 간장용기나 향신료가 없는 것도 가게의 청결한 분위기에 한몫하고 있다. 점주의 올곧은 신념을 엿보는 듯하다.

깔끔하다! 이 벽보

튀김덮밥 국 포함 550엔

튀김이 눈앞에서 튀겨진다. 나와 거의 동시에 들어온 손님과 나의 것임에 분명하다. 그 손님도 가만히 튀김이 튀겨지는 모습을 쳐다보고 있다. 지금 그와 내 마음은 하나. 어서 먹고 싶다. 그사이에 된장국이 나온다. 기대가 높아진다. 된장국을 한 입 뜬다. 바지락된장국이다. 내가 환장하는 된장국 중 하나. 위장이 환호성을 지르는 소리가 들려오는 듯하다.

밥이 나무밥통에서 밥그릇으로 옮겨진다. 이 나무밥통의 밥이 맛있단 말이지. 으흐흐흐 멀리서 보는데도 침이 고인다. 절임채소를 한 조각 먹으며 마음을 진정시킨다. 차 한 모금. 자, 튀김이 올려졌다. 양념이 둘러졌다. 아아, 빨리빨리.

"오래 기다리셨습니다."

드디어 나왔다. 자, 먹어 보자. 뭐부터 먹을까. 나는 대체로 오징어 먼저. 앞니로 충분히 잘리는 이 부드러움. 통통하니 두껍다. 그리고 밥. 그렇지. 폭신폭신하다. 아, 맛있다. 다음 보리멸. 이게 또 가볍고 담백하니 기가 막힌다. 매콤한 양념과 튀김옷이 흠잡을 데 없이 훌륭하다.

새우. 음, 이건 탱탱한 게 좋은 새우군. 맛있네. 그래도 딱히 특별 대접하지 않는다. 나는 평등하게 먹어 나간다. 절임채소로 입가심 그리고 된장국 한 모금. 여기서 처음으로 한숨을 돌린다. 무의식중에 앞으로 고꾸라져 있던 허리를 편다. 아, 행복하다.

다시 한번 튀김덮밥에 맞선다. 만족스러운 볼륨감. 밥도 충분하다. 담백한 튀김덮밥이지만 어느 정도 기름질 수밖에 없다. 그래서 먹는 동안 절임채소의 역할이 중요하다. 이때 절임채소는 더더욱 맛있어진다. 넉넉한 양에 감사할 수밖에.

다 먹어갈 쯤에는 배가 불러 몸이 열을 내뿜고 있다. 겨울에도 스웨터 속에 땀이 날 정도다. 묵묵히 한 그릇을 비우고 행복한 얼굴로 가게를 나선다. 이때 과묵한 점원의 마지막 한마디가 가슴에 스민다.

"감사합니다."

"잘 먹었습니다."

마음을 담아 대답하며 자리에서 일어선다.

사 먹는 게 좋아

새우 튀김 덮밥을 포장하면

매번 감사합니다.

뭔가 자기주장을 펼치고 있는 것 같다.

뚜껑 밖으로 꼬리가 삐져나와 있는 모습이 귀엽다!

양념이 밥에

잘 배여 있어서 좋다.

헉~ 헉~

하지만 집에서 만든 새우 튀김 도시락은 뭐랄까 초라하다.

그래도 좋아하기는 하지만 조금 아쉽다.

밥에 박혀있다.

윗부분이 뚜껑 때문에 납작~

튀김옷이 눅눅하다.

심플한 1인분의
물두부를 내는 가게,
좋다.

본연의 맛을 느끼고 싶다면 양념 없이 먹어볼것.
담백한 두부 요리+따뜻한 사케는 최강 조합.

————————"두부 모서리에 머리 박고 죽어!"

이런 싸움 대사가 있다(실제 이 말을 하는 걸 들은 적은 없지만). 헌데 나는 두부 모서리가 좋다. 그 샤프한 직각이 아주 기분 좋다.

최근 '요세도후(완전한 두부가 되기 직전의 순두부보다도 부드러운 상태의 두부-옮긴이)'나 '순두부'처럼, 일반 두부보다 비싼 두부가 많다.

"간장을 뿌리지 말고, 그대로 드셔 보세요."

이런 말을 자주 듣는 녀석. 하라는 대로 해서 먹어 보면 확실히 선명하게 콩의 맛이 느껴져 맛있다. 향도 고소하다. 하지만 나는 왠지 재미가 없었다. 방금 깨달았다. 그 '요세도후'라든가 '슌두부'에는 모서리가 없군. 둥근 접시나 얇은 원통형의 폴리에틸렌 그릇에 조금 야무지지 못한 느낌으로 놓여 있다. 너무 부드러워서 자신의 체중을 지탱하지 못하는 느낌. 이렇게 위태로운 음식을 나무 스푼으로 먹는다는 것도 부담스럽다.

내게는 날카로운 직각으로 부드럽게 날이 서 있는 두부가 안성맞춤이다. 힘이 있는 두부를 젓가락으로 잘라 먹는 게 좋다. 오랜 세월 두부가게를 운영해온 장인이 감으로 만든 투박한 두부가 좋다.

두부는 어느새 내가 좋아하는 음식 중 선두 그룹의 일원이다. 어릴 때는 두부를 맹숭맹숭한 음식이라 여겼다. 다른 음식을 먹는 김에 같이 먹는다는 느낌이었다. 그것

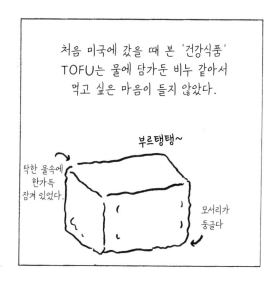

처음 미국에 갔을 때 본 '건강식품'
TOFU는 물에 담가둔 비누 같아서
먹고 싶은 마음이 들지 않았다.

부르탱탱~

탁한 물속에
한가득
잠겨 있었다.

모서리가
둥글다

이 이제는 '두부'라는 말만 들어도 입안과 마음속에서 조용한 행복감이 두둥실 떠오른다. 지극히 옅은 맛 속 숨겨져 있던 대두大豆의 깊은 맛, 그 참맛을 나는 알아버렸다.

새하얗고 각이 시원하게 우뚝 솟은 직육면체의 상쾌한 분위기. 심플하고 의젓하며 그렇지만 섬세하고 다소곳하며 시원스럽고 지적이며 요염하다. 연약하게도 보이나 강한 의지를 지녀 늠름하게도 보인다.

　두부를 즐기는 여러 가지 방법 중 최고는 역시나 물두부다.

　"오늘 밤 물두부에 한잔 할까요?"

　이 말을 듣는 순간 이미 헤롱헤롱이다. 배추니 쑥갓 따위 없어도 된다. 작은 냄비에 국물용 다시마를 한 장 깔고 물을 채워 사각으로 자른 두부를 조심히, 쏙 넣고 불에 올린다. 불을 붙인다. 양념은 가다랑어포에 간장. 고명은 잘게 썬 파. 이상! 이것으로 끝. 물이 끓어 냄비 속의 두부가 기우뚱거리면 완성이다.

　물두부에는 사케다. 안주로 나무랄 데 없다. 찬술, 뜨겁게 데운 술, 미지근하게 데운 술, 어느 것에도 어울린다. 최고다. 뜨겁게 데운 술에는 두부의 중심이 아직 살짝 차가운 정도의 물두부도 절묘하다. 훌륭하지! 훌륭해! 아, 마시고 싶어졌다.

　배가 고플 때는 물두부에 흰밥을 먹는 것도 좋다. 밥을 먹을 때의 두부라고 하면 보통은 된장국에 들어 있는 두부를 떠올린다. '밥에 물두부'라니. 백白과 백白, 그저 담백하기만 할 뿐 감칠맛이 없어 시시하게 여겨진다. 메인으로서 역부족인 이미지가 있다. 그런데 웬걸. 이게 깊다. 충분히 포만감도 있다. 간장과 가다랑어포와 파의 대활약으로 백과 백은 일본화의 설경처럼, 깊이와 크기가 있는 맛의 조화를 이룬다. 특히 잘게 썬 파는 일본 요리에 셀수 없이 많이 사용되는데, 물두부에서의 활약은 놀라울 정도다. 향도 그렇고, 부드럽게 씹히는 식감도 그렇고 대단한 일을 하고 있다.

냄비에서 두부를 젓가락으로 잘라내듯 꺼내, 파와 양념을 듬뿍 찍어 밥에 올려 먹는다. 가만히 음미하면 깊은 맛이 올라온다. 여기에는 대두와 쌀과 가다랑어와 다시마와 파, 콩과 곡물과 생선과 해초와 잎사귀……. 더 말하자면 태양과 바다와 대지의 미네랄이 전부 포함되어 있는 것이다. 정말이지 물두부는 굉장하다.

술안주로 심플한 물두부를 내는 가게가 있는데, 그거 최고다. 가을이 깊어가는 어느 날, 뜨겁게 데운 술 생각이 간절해지면 혼자 단골집에 들어간다. 작은 병맥주로 목을 축이면서 데운 술과 물두부가 나오기를 기다리는 더없이 행복한 시간. 그리고 등장하는 최강의 철벽 조합. 따뜻한 술 한 모금을 홀짝인 뒤 가볍게 먹는 물두부가 어찌나 맛있는지. 아, 술을 마실 수 있어 다행이다.

가게를 나오니, 달아오른 볼을 스치는 만추의 찬 공기 때문인지 기분이 좋다. 걷다 보니 나도 모르는 사이 근처 다른 단골집으로 발길이 향하고 있다. 그렇다면 어쩔 수 없군. 한잔 더!

타이밍이
중요해

감동의 믹스 오차즈케

뚜껑에도
놀랐다.

파드득나물

고추냉이

씹는 듯 마시는 듯 '술술' 먹어야 제맛.
강력 추천! 오징어 젓갈+호지차 오차즈케.

　　　　　　　　　　　 술집 입구 초롱에 '오차즈케'라고
쓰여 있는 가게가 있다. 들어가서 오차즈케만 먹고 나와
도 되는 건가. 어릴 때부터 그런 생각을 했었다. 허나 실
행할 용기는 없었다. 술집에서 가끔 먹는 오차즈케가 맛
있는 터라 초롱을 보자 술이 아닌 순수하게 오차즈케가
먹고 싶다는 생각이 들었던 것이다.

오차즈케는 가끔 먹으면 정말 맛있다. 배는 고픈데 좋아하는 반찬이 없을 때, 뭔가 차려 먹기 귀찮을 때 어김없이 생각이 난다. 오차즈케용 김만 넣어서 먹는 것도 제법 맛있고, 후리카케로 만들어 먹으면 조금 더 다채로운 맛이 난다.

오차즈케를 먹을 때면 '술술 먹어라'고들 하는데, 술술이라는 이 울림이 참으로 부드러워 식욕을 자아낸다. 술술은 씹지 않고 마시는 느낌이라 실제로 소화에는 안 좋겠지. 허나 오차즈케보다 소화에 나쁜 음식은 얼마든지 있다. 괜찮지 않은가, 가끔은 술술.

대학생 때 처음으로 술집에서 오차즈케를 먹었을 때 그 맛에 감동했다. 그나저나 나는 술집에서 첫 경험하는 음식이 아주 많다. 만약 내가 술을 못했다면 지금쯤 미각은 어떻게 되었으려나. 그때는 믹스 오차즈케라는 것을 주문했는데, 먼저 위에 올라가 있는 파드득나물에 감동했다. 오차즈케가 '요리'로 보인 순간이다.

무심코 눈을 크게 뜨고 보니 명란젓구이가 보이고 우메보시도 살을 발라낸 연어도 올라가 있다. 아, 염장 다시마도 있군! 김의 향도 끌린다! 그릇 가장자리의 고추냉이에도 놀랐다. 굉장하군. 호화롭다. 우아하다. 허나 소탈하다. 부담 없이 즐길 수 있는 즉석 고급요리.

잘 먹겠습니다. 그릇을 들고 후루룩 한 입.

'오, 이거 맛있네. 엄청나.'

확실히 파드득나물은 굉장한 일을 하고 있었다. 선명하고 강렬한 향이 혀 안으로 밀려든다. 살짝 취한 터라 더 세게 한방 먹었다. 당황했다. 고추냉이를 신중히 풀어야 하는 타이밍. 성급하게 구는 바람에 바로 코가 찡해졌다. 하지만 그게 또 좋다. 가속도가 붙어 술술이라기보다 후루룩 빨아들이듯 버릇없게 먹었다. 국물에 다양한 속의 맛이 융화되어 서로 어우러져 갈수록 관능적으로 맛있어졌다. 이따금씩 염장 다시마, 우메보시가 그 실력을 과시한다.

돈가스 오차즈케

아주 '술술'이라고는
못 하겠다.

김

양배추

돈가스

이것이 진정한 오차즈케라는 음식이었나. 나는 아무것
도 몰랐구나. 집에서 직접 만들어 먹어 보기도 했지만 역
시 그 맛은 나지 않았다.

최근에는 집에서만 맛 볼 수 있는 맛있는 오차즈케를
발견했다. 그건 바로 젓갈 오차즈케! 친구에게서 처음 조

리법을 들었을 때는 비릴 것 같다며 눈살을 찌푸렸다. 그런데 "그게 아니라니깐!" 하며 나의 무지를 비웃듯 설득하는 바람에, 곧장 오징어 젓갈 한 통을 사와 밥에 얹고 들은 대로 뜨거운 호지차(녹차의 찻잎을 볶아서 만든 차-옮긴이)를 부었다. 그러자 오징어가 차 세례를 받으며 순식간에 오그라드는 게 아닌가. 말 안 해줬잖아. 흡사 죽어 가는 풀처럼……. 식욕을 감퇴시키는 비유다.

머뭇거리며 차와 함께 밥과 젓갈을 입에 넣었다. 이럴 수가! 비린 맛이 전혀 느껴지지 않는다. 젓갈이 구운 오징어의 작은 조각처럼 부드러운 식감으로 변한다. 젓갈 특유의 독특한 풍미가 차에 녹아든다. 짠맛이 순해지고 밥과 어우러지니 실로 끝내주게 깊은 맛! 정신없이 먹어댔다. 몇 번이나 젓갈을 추가하고 차도 더 부었다. 순식간에 밥 한 그릇을 먹어치우고서도 멈추지 못해 한 그릇을 더 비웠다. 젓갈 한 통의 3분의 1정도를 먹어버렸다.

그 이후부턴 젓갈을 사면 반드시 두어 번은 오차즈케를 해먹는다. 물론 한 그릇으로 끝나지 않는다.

먹고 싶은 대로

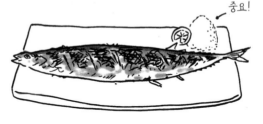

우와~ 가을이 왔다!

중요!

 최고의 꽁치구이를 먹을 수 있는 계절은 가을.
살만→흰 살에 간장→흰 살에 밥, 순서대로 먹어 보자.

푹푹 찌는 여름이 끝나고 태풍도 지나가고 아침저녁으로 찬바람이 불기 시작하면 꽁치를 먹어줘야 할 때다. 이미 전날 낮부터 내일 저녁은 '꽁치 소금구이'로 정해놓았다. 꽁치는 가을 생선이다. 이 무렵이면 싱싱하게 기름이 잔뜩 올라 있다.

먹는 가게도 정해져 있다. 생선장수가 주인인, 맛에 관해서는 틀림없는 동네 정식집. 뇌와 혀와 위장을 100퍼센트 꽁치 태세로 만들어 저녁 6시 전(조금 이르지만), 부슬부슬 내리는 빗속을 걸어서 가게 문턱을 넘었다. 위장은 깨끗하게 공복 상태. 자리를 잡고 만반의 준비를 하고서 점원에게 말했다.

"꽁치 소금구이 정식."

메뉴에는 '햇꽁치 소금구이'라 쓰여 있었으나 '햇'은 읽지 않는다. 촌스럽다. 이미 자신감 가득.

그런데, 그런데 말이다.

"아아, 죄송합니다, 꽁치만 다 나가버렸네요."

"에엣!"

큰 소리를 내고 말았다. 그런 일은 거의 없는데. 순간 눈앞이 새하얘지면서 놀람과 분노와 절망과 어이없음이 목에서 터져 나와 포효했다. 어떡하나. 솔직히 자리를 일어서려고 했다. 꽁치가 아니면 의미가 없다.

나의 실망감이 고스란히 점원에게 전해졌나 보다. 점원이 "잠시만 기다려주세요."라고 말하며 주방으로 되돌아갔다. 그러고는 어딘가로 전화를 걸었다. 역시 안 되려나. 내 머릿속에서는 이미 꽁치를 먹을 수 있는 다른 가게 찾기가 시작되었다. 오늘 밤은 꽁치 소금구이 이외에는 아무것도 먹고 싶지 않다.

이때 점원이 돌아왔다.

"손님, 회로 쓸 꽁치가 있다고 하니, 그것을 가져와 해드리겠습니다."

그 순간, 내 머릿속에서는 '우오오오옷!' 하는 대환호성이 터져 나왔다. 좋았어. 먹을 수 있게 되었으니 침착하게 기다리자. 맛있는 생선구이를 내는 가게는 나오기까지 시간이 걸린다. 정성들여 굽기 때문이다. 한참 기다리고 있는데 주방에서 꽁치 굽는 향이 난다. 위가 꿀렁였다. 몸부림치고 있는 듯하다.

드디어 나왔다! 과연 '짜잔' 하는 느낌이다. 이거야 이거! 날렵하고 꼿꼿하며, 오동통하니 살이 오른 꽁치가 노릇노릇하게 구워져 있다. 딱 알맞게 구워진 느낌. 머리와 꼬리가 접시에서 삐져나와 있는 것도 꽁치만의 멋이다. 둘로 토막 내어 내놓는 가게도 있는데, 그만두기를. 꽁치에게 미안하다. 삐져나온 꼬리는 꽁치구이의 자랑이다.

자, 무즙에 간장을 부어 준비 완료. 젓가락으로 꽁치 한가운데의 껍질을 절개한다. 따끈따끈한 김이 작게 일어난다. 꽁치 소금구이 특유의 기름 눌어붙은 향에 새삼 콧구멍이 들썩인다. 흰 살을 젓가락으로 집어 한 입, 그대로 먹는다. 마, 맛있다! 신선한 꽁치다. 전혀 느끼하지 않고 담백하다.

여기까지는 신중하게 상대의 역량을 본 것이다. 자, 이젠 공격 개시다! 껍질을 조금 더 벗기고 흰 살을 조금 더 크게 집어 무즙과 함께 입에 넣는다. 간장 매직이 일어나 또다시 폭발적으로 맛있어진다. 곧이어 흰밥을 먹는다. 그래, 이거지! 이 순간을 기다린 게야.

복부 쪽도 잊어서는 안 된다. 내장이다 내장. 창자의 쌉

전부 맛있다!

너저분하게도 먹었군.

싸래한 맛! 이만큼 어른의 마음을 기쁘게 하는 맛은 없다. 아, 쓰다. 아, 맛있다. 그 외의 내장도 전부 맛있다. 잔가시가 입에 들어가도 상관없다. 껍질도 역시나 맛있다. 뼈를 발라내느라 손가락을 쓰고 만다. 손가락 끝에 기름. 하는 수 없지. 물수건은 이미 생선 범벅이다.

그러고 보니 옆에 놓인 그릇의 내용물이 식어 있다. 대구 매운탕인가. 흠~ 별로 흥미가 일지 않는다. 절임채소로 살짝 입안을 리셋. 꽁치, 여전히 맛있다. 밥, 배터지게 먹어버리자. 무아지경이다. 밖에는 비가 부슬부슬 내린다. 그리고 다 먹었다. 정말로 배부르다.

꽁치를 먹고 남은 찌꺼기는 나이가 들어갈수록 적어지고 있다. 허나 아직 멀었다. 좀 더 깨끗하게 먹어치우리라 다짐한다. '아름다운 한판승'이 가능할 날이 언젠가는 오겠지.

그대로가
좋아

꽁치를
둘로 잘라서
내오는
가게와

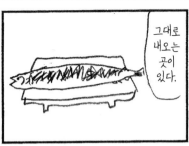

그대로
내오는
곳이
있다.

어느 쪽이건
상관없다.

그대로
내주는
곳이 좋긴
하지만

그래도
가자미가
둘로 쪼개져
나오는 건
왠지
싫더라.

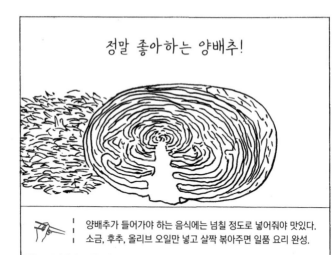

정말 좋아하는 양배추!

양배추가 들어가야 하는 음식에는 넘칠 정도로 넣어줘야 맛있다.
소금, 후추, 올리브 오일만 넣고 살짝 볶아주면 일품 요리 완성.

—————————— 생각해보니 내가 좋아하는 모든 음식에는 양배추가 있었다. 돈가스, 볶음국수, 고로케빵, 샐러드, 고기구이, 냄비요리, 수프에 말이다. 메인 요리를 받쳐주는 조연 역할이긴 했지만, 내게 있어서는 주연 이상으로 소중한 존재였다.

물론 주연으로서도 최고다. 예를 들면 양배추볶음. 어

쩌면 내가 양배추를 먹는 가장 좋아하는 방법이려나. 소박하고 단순하니, 맛있다. 고기나 당근 따윈 필요 없다. 양배추를 넣고 소금, 후추만 넣어 볶는다. 올리브 오일로 볶으면 더 맛있다. 쑹덩쑹덩 잘라서 사사삭 볶는다. 너무 오래 볶지 않는 게 비결. 눈 깜박할 사이에 완성되는 일품 요리다.

식기 전에 먹는다. 이것만으로도 최고다. 맥주 안주로 좋고, 물론 흰밥에도 좋다. 마지막에 간장을 살짝 뿌려주면 밥반찬이 된다. 씹히는 맛과 담백한 단맛이 죽여준다.

축제에서 파는 볶음국수에도 양배추가 들어 있지 않으면 역시나 손이 가지 않는다. 소스를 첨가해 볶아도 맛있다. 부드럽게 휘어져 면에 착 들러붙는다. 고기만 들어 있고 양배추가 들어 있지 않은 볶음국수는 별로 없겠지만, 만일 있다면 볶음국수라고 부르고 싶지 않다. 그런 건 안 된다. 왠지 모르게 화가 치민다.

돈가스에 곁들임 양배추 채가 없다면 먹고 싶지 않다.

양배추 채에 돈가스 소스를 뿌려 우걱우걱 먹어버린다. 맛있다. 그것만으로도 밥반찬이 된다. 그걸 먹는 김에 돈가스를 먹는다고 하면 아무도 안 믿으려나. 돈가스 정식을 시켰는데, "죄송합니다. 오늘 양배추가 떨어져서 돈가스 반 조각을 서비스로 내드리는데, 괜찮으세요?"라는 말을 들으면 역시 화가 난다.

고로케빵에 들어 있는 양배추도 소스가 골고루 배여 보드라워져 맛있다. 빵을 우물우물 씹다 보면 양배추의 식감이 입안에 등장한다. 그게 없으면 고로케빵은 어딘가 부족하다. 아니, 완전 시시하다. 양배추를 지나치게 아낀 고로케빵은 용서할 수 없다. 꽉꽉 넣어주기를.

오코노미야키에도 양배추가 없으면 척추가 없는 인간의 느낌이다. 흐물흐물하니 어쩔 도리가 없다. 주변에 휩쓸리지 않고 깔끔하게 양배추를 통으로 넣어야 비로소 완벽한 오코노미야키가 완성된다.

살짝 데친 양배추를 냉수로 식혀
물기를 제거한 뒤 명란젓을
말아 먹으면……
정말이지 최고!

채가 아니라 생으로 큼직큼직하게 썰어낸 양배추가 맛있는 곳은 오사카의 꼬치튀김집이나 소 힘줄 요릿집이다. 카운터의 전용 용기에 가득 들어 있는 것을 마음껏 먹으면 된다. 이것을 꼬치에 조금 끼워 전용 용기에 찰랑찰랑하게 들어 있는 소스에 폭 찍어 먹으면, 역시 맛있다!

내가 지금껏 먹은 양배추 요리 중 최고는 텔레비전 방송에서 한 요리사가 만들어줬다. 밤새 뼈째 푹 고아 만든 토종닭 수프를 걸러내고, 여기에 십자로 칼집을 넣은 양배추를 통째로 넣어 통냄비로 한 시간 정도 푹 끓인다. 간은 소금으로만. 이렇게 해서 완성된 양배추 수프를, 솥에 지어 살짝 눌어붙은 누룽지밥에 끼얹어 먹는 수프밥. 고명으로는 유자후추만 아주 살짝 뿌린다.

밥, 국, 그리고 양배추를 좋아하는 내게는 천상의 요리다. 양배추 맛이 달큼하고 부드럽게 퍼진다. 그것을 뒤에서 닭 육수가 떠받치며 감칠맛 폭발! 국물과 밥이 불쑥불쑥 입안으로 들어올 때마다 전신이 떨리는 맛이었다.

스튜디오에서 그 요리를 맛보고는 너무 감격해서 눈물을 흘릴 뻔했다. 정신줄을 꽉 붙잡고 우쿨렐레를 퉁기며 겨우 참았다.

단순한 게
맛있어

보글

보글

살짝 데친
양배추를

맛간장을
뿌려

그것만으로도
엄청
맛있다!

바로
먹으면!

시원한 장국에 차가운 소면을 말아 후루룩, 여름의 맛.
따뜻한 국물에 파 듬뿍 넣고 소면을 후루룩, 겨울의 맛.

 대학 시절의 어느 여름날 아침, 10시가 지났다. 잠에서 깨어나 빈둥거리고 있는 곳은 음악서클 다카시 선배네 2층 그의 방이다. 에어컨이 없어 덥다. 하지만 창으로 바람이 조금 들어오고 있다. 전날 진탕 마셨기에 숙취까지는 아니지만 여전히 알코올이 전신에 남아 있다. 화장실에 다녀오겠다며 아래층으로 내려간 다카시 선배는 좀처럼 돌아오질 않는다.

몸을 뒹굴어 책꽂이 곁으로 다가가서 손닿는 대로 아무 책이나 꺼낸다. 잠에서 덜 깬 채로 책을 뒤적이는 사이 다카시 선배가 올라온다. 한손에 든 무거워 보이는 쟁반에는 엄청난 양의 소면 소쿠리와 장국 담는 그릇과 장국과 고명과 컵, 또 다른 한손에는 보리차 유리 물병을 들고 있다.

"오!"

나는 황급히 일어나 이불자락을 들어 시트째 세 번 접어 갠다.

"일단 여섯 사리 삶았는데, 부족하면 또."

선배는 이불을 치운 다다미에 쟁반과 보리차를 놓는다. 보리차 물병에 달린 물방물이 배어들어 금세 다다미가 젖는다.

"그거 좋죠."

본심이다. 장국을 그릇에 담아 잘게 썬 파와 가늘게 자른 차조기 잎을 넣는다. 파 옆에 잘게 썰려 있는 양하도 보인다.

"오, 양하! 좋아해요."

"그렇지? 그렇지?"

다카시 선배는 자랑스럽게 대답한다. 하지만 이미 파를 넣은 터라 양하는 다음 순서로 미룬다. 튜브에서 생강을 짜서 넣는다. 면을 젓가락으로 조금만 집어 장국 그릇에 넣는다. 면을 풀지 않고 그대로 장국에 푹 담갔다가 끌어올려 후루룩후루룩 소리를 내며 빨아들인다. 장국의 가다랑어 육수 맛과 간장 맛, 파와 차조기 향이 면과 함께 입안에서 기분 좋게 퍼진다.

"음!"

나도 모르게 입에 그것들을 머금은 채 코로 말한다. 다카시 선배는 이쪽을 쳐다보지도 않고 끄덕이며, 자신도 후루룩후루룩 소면을 빨아들이고 있다. 소면을 꿀꺽 삼키고는 말한다.

"아, 맛있다. 나 배고팠어요."

말하면서 다음 소면에 젓가락을 뻗고 있다. 소면끼리 들러붙어서 잘 안 떨어진다. 큰 덩어리를 젓가락으로 집어 올려 공중에서 흔든다. 그렇게 조금 덜고서 다시 장국에 찍어 후루룩 먹는다. 맛있다. 장국을 더 붓고 이번에는 잘게 썬 양하를 듬뿍 넣는다. 거기에 면을 넣고 힘차게 빨아들인다. 면에 휘감기는 양하를 잘근잘근 씹으니 입안에 여름 향이 가득해진다. 이 향이 아련한 향수를 불러일으킨다.

면을 쉴 새 없이 빨아들일 때마다 장국이 입 주위로 튄다. 티셔츠에도 튄다. 하지만 상관하지 않고, 홀린 것처럼 면을 끌어당겨 빨아들이고 있다. 덩치 큰 어른 둘이서 말 없이 쉬지도 않고 소면을 후루룩거리고 있다. 순식간에 둘이서 소면 여섯 사리를 다 먹어치웠다.

"더 먹을래?"

"아뇨, 잘 먹었습니다. 맛있었어요."

나는 보리차를 컵에 부어 벌컥벌컥 단숨에 다 들이켰다. 빈 컵을 내려놓으며 아저씨처럼 '으아!' 소리를 내고는, 그 자리에 벌러덩 드러눕고 말았다. 다다미에 등이 닿자 땀을 흘리고 있다는 게 희미하게 느껴진다. 천장을 보

감기 걸렸을 때나
야식으로는
따뜻한 소면이 최고!

잘게 썬 파 듬뿍
넣고 생강도!

며 내가 말한다.

"오늘 뭐 할 거예요?"

두 사람 모두 아무런 계획이 없다. 그리고 그들은 아직
지금 이 순간이, 인생 전체를 통틀어 눈부시게 행복한 시
간임을 모르고 있다.

정말로 맛있는 음식이란 입으로 들어온 감칠맛과 그에 따라오는 추억이 더해졌을 때 완성되는 것 아닐까. 맛은 기억과 깊게 연결되어 있다. 그렇게 생각하면 우리가 느끼는 맛은 백이면 백 모두 다른 게 당연하다.

무아지경

먹는 즐거움은 포기할 수 없어!

초판 1쇄 인쇄 2018년 7월 23일
초판 2쇄 발행 2018년 8월 7일

지은이 구스미 마사유키 **옮긴이** 최윤영 **펴낸이** 김종길 **펴낸 곳** 인디고

기획편집 박성연 · 이은지 · 이경숙 · 김진희 · 김보라 · 안아람
마케팅 박용철 · 김상윤 **디자인** 정현주 · 박경은 · 손지원
홍보 윤수연 **관리** 박은영

출판등록 1998년 12월 30일 제2013-000314호
주소 (04029) 서울시 마포구 월드컵로8길 41 (서교동 483-9)
전화 (02) 998-7030 **팩스** (02) 998-7924
페이스북 www.facebook.com/geuldam4u **인스타그램** geuldam
블로그 http://blog.naver.com/geuldam4u

ISBN 979-11-5935-033-7 (03830)
책값은 뒤표지에 있습니다.
잘못된 책은 바꾸어 드립니다.

이 도서의 국립중앙도서관 출판시도서목록(CIP)은 e-CIP 홈페이지(http://www.nl.go.
kr/ecip)와 국가자료공동목록시스템(http://www.nl.go.kr/kolisnet)에서 이용하실 수
있습니다. (CIP 제어번호 : 2018020048)

만든 사람들 ────────
책임편집 이은지 **디자인** 정현주 **교정교열** 박주현

글담출판에서는 참신한 발상, 따뜻한 시선을 가진 원고를 기다리고 있습니다.
원고는 글담출판 블로그와 이메일을 이용해 보내주세요. 여러분의 소중한 경험과 지식을 나누세요.
블로그 http://blog.naver.com/geuldam4u **이메일** geuldam4u@naver.com